中国新诗

的灾害叙事研究

翟兴娥　黄传波

著

新华出版社

图书在版编目（CIP）数据

中国新诗的灾害叙事研究 / 翟兴娥，黄传波著.
北京 ：新华出版社，2024. 11. -- ISBN 978-7-5166
-7751-3

Ⅰ. Ⅰ207.25

中国国家版本馆CIP数据核字第2024W9S455号

中国新诗的灾害叙事研究

作者：翟兴娥　黄传波

出版发行：新华出版社有限责任公司

（北京市石景山区京原路 8 号　邮编：100040 ）

印刷：廊坊市印艺阁数字科技有限公司

成品尺寸：170mm×240mm 1/16　　　**印张：**15.5　**字数：**200千字

版次：2024 年 11 月第 1 版　　　　　**印次：**2024 年 11 月第 1 次印刷

书号：ISBN 978-7-5166-7751-3　　　**定价：**68.00 元

微店　　　视频号小店　　　抖店　　　京东旗舰店　　　请加我的企业微信

微信公众号　　喜马拉雅　　　小红书　　　淘宝旗舰店　　　扫码添加专属客服

目　录

绪论

中国新诗自出现以来，始终与人们的社会生活与日常生活联系非常紧密，作为人类社会发展过程中不断出现的灾害，自然也在诗歌创作的视域之内。

一、灾害叙事的界定

研究中国新诗的灾害叙事，首先需要界定灾害的定义。有学者经过考证之后给灾害做出如下定义："所谓灾害是指某一地区由内部演化或外部作用所造成的对人类生存环境、人身安全与社会财富构成严重危害以至超过该地区承灾能力进而丧失其全部或部分功能的自然——社会现象。"[1] 按照灾害成分来进行划分，灾害包括自然灾害（气象灾害、地质灾害、生物灾害和天文灾害等）和社会灾害（政治灾害、战争灾害、经济灾害、文化灾害和人类活动造成的灾害等）两大类。简单概括，灾害就是人类赖以生存的自然和社会环境被迫脱离原有轨道的一种现象，这种被迫脱离原有轨道的现象严重侵害或剥夺了自然和社会环境支持人类赖以生存的最基本的功能，从而严重危及人类的实际生存状态。灾害伴随着人类社会的发展，"灾害是人类的影子，它与人类同存共在"[2]；灾害离开了对人类生命、精神以及社会发展

---

[1] 曾维华、程声通：：《环境灾害学引论》，中国环境科学出版社2000年版，第19页。
[2] 罗祖德：《灾害科学》，浙江教育出版社1998年版，第237页。

所造成的危害，就只是客观存在的自然事件，而无所谓灾害。当代灾害所带给人类的真正挑战，在于它正在由常态的自然及社会环境的被迫脱离原有轨道逐渐演变为被迫脱离轨道的自然及社会环境的"常态"存在。

当代儒学大家蒙培元说过，"自然界也有冲突，有灾害，有生存竞争，但是就整个进化而言，是和谐的，有序的"[1]。在人类历史漫长的发展长河中，灾害都仅是一种暂时的、局部的现象。作为暂时和局部的自然或社会被迫脱离原有轨道的形态，灾害并没有破坏人类赖以生存的自然环境和社会环境的长期和谐与井然有序。然而，人类生存的自然与社会环境在当代发生了巨变，灾害正在逐渐成为人类生存的基本常态存在。这种变化当然与灾害的频繁发生密切相关，但频发只是灾害客观存在的一种表面现象，最根本的原因在于人类活动的过度扩张对自然与社会环境承受能力的严重僭越，这种变化还应归因于当代人类社会不断提速的全球化进程。尤其在全球互联网技术的迅猛发展中，全球化无疑意味着本地与异地灾难发生的共时同步，这种共时同步在全球互联网技术发展之前是很难想象的。这种共时同步一旦成为人类生存状态的一部分，就不可避免地改变了人类原有的生存习惯。譬如，不管汶川大地震还是东南亚海啸，都不单单是一个区域事件，2003年的非典事件更是整个人类所共同关注的一次全球化事件。

---

[1] 蒙培元：《人与自然：中国哲学生态观》，人民出版社2004年版，第144页。

社会和自然的各种灾害信息不断拨弄着普通民众敏感的神经、加剧大家内心的恐慌，不少人为此感到焦虑紧张、惶恐不安。不管是战争、地质灾害还是生物灾害，多是来势汹汹、猝不及防，它不仅会伤害普通民众的身体健康，还会带来严重的心理冲击。因此，在战争灾害、地质灾害和生物灾害等灾害的防控中，既要"救命"，更要"救心"。已经得到人们普遍认可的诗歌便于应对猝不及防的战争等社会灾害和意想不到的生物灾害等自然灾害，极易在灾害中成为普通民众的精神支撑，让人们以一种相对理智、稳定的心态面对战争和生物等灾害，利于减少不必要的物力、财力以及人力的损失，新诗中所表现出来的中华儿女不畏艰难险阻、顽强不屈地与灾害作斗争的伟大民族精神也在激励着后代。中国新诗的灾害叙事即是通过文学作品来表现灾害带给人类的苦难与抗争，人类认识和征服自然的迫切愿望，同时也体现了中华儿女不畏艰难险阻、顽强不屈地与自然和社会灾害作斗争的伟大精神，中国新诗的灾害叙事研究的意义和价值也就在于此。

二、灾害叙事的价值

学术价值：

目前的研究领域，对于中国新诗的灾害叙事仅是单个灾害时期新诗的研究，本课题把五四运动以来的新诗灾害叙事作为研究对象，探究灾害时期更为有效的诗歌创作和丰富的文化内涵，给予诗人一定的创作启示，创作更优秀的作品，帮助普通民众以一种相对稳定的情绪面对突如其来的灾害，让诗歌的社会宣传作用更为有效。诗歌作品既要及时反映社会现实，又要选择合适的角度，记录灾害带给普通民众危害的同时，也要积极引导社会舆论，积极疏导社会公众的恐慌心理，唯其如此，才能更好地发挥文学的社会功能。

应用价值：

灾害与人类生存状态联系异常紧密，深刻影响着人类的生活状态和精神状态乃至人类社会的发展变迁。不管是战争、地质灾害还是生物灾害，多是来势汹汹、猝不及防，它不仅会伤害普通民众的身体健康，而且会带来严重的心理冲击。因此，在自然和人文等灾害的防控中，既要"救命"，更要"救心"。探究出灾害时期更为有效的诗歌创作，挖掘新诗表现人类认识自然和征服自然的愿望，体现中华民族不畏艰难困苦、顽强不屈地与灾害作斗争的伟大精神，为处在突发灾害事件中的人们提供帮助，稳定情绪，积极疏导人们的恐慌心理。

目前国内外研究现状和趋势：

目前关于中国新诗灾害叙事的研究，共有 10 项研究成果中偶有提及。张堂会的《自然灾害与当代文学书写研究》《民国时期自然灾害与现代文学书写》《心灵废墟上的审美救赎——当代灾害文学创伤叙事考察》，李继凯、周惠的《关于中国当代文学与灾害书写的若干思考》，支宇的《灾难写作的危机与灾难文学意义空间的拓展》等 5 项研究成果在中国现当代文学的宏观视野中考察灾害书写，对中国灾害新诗偶有涉及。王美春的《汶川地震诗歌漫谈》、龚小妹的硕士论文《汶川地震文学书写》、陈颖的硕士论文《地震书写的重与失重》、谢有顺的《苦难的书写如何才能不失重？——我看汶川大地震后的诗歌写作热潮》、宫爱玲的《非常时期的非常叙事——对非典叙事的一种解读》等5 项研究成果考察特殊灾害时期的文学创作，对特殊时期的中国灾害新诗有所涉及。

三、灾害叙事的研究内容

在现有的 10 项研究成果中，前 5 项研究成果在中国现当代文学的宏观视野中考察灾害书写，主要研究对象是灾害小说，对中国灾害新诗偶有涉及，但是灾害新诗不是研究对象，缺乏深入研究；后 5 项研究成果考察特殊灾害时期的文学创作，对特殊时期的中国灾害新诗有所涉及，但是研究对象是某个灾害时期的文学创作或者新诗创作，灾害新诗不是唯一的研究对象，或者研究对象仅是某一个灾害时期的新诗，而不是把五四运动以来的灾害新诗作为一个整体为其研究对象。

研究对象：

自五四运动以来至今的中国新诗，通过甄别，本课题重点选取 20 世纪五四运动以来战争灾害新诗（20 世纪 20 年代军阀混战时期的灾害新诗、20 世纪 30-40 年代的抗日战争时期的灾害新诗）、地质灾害新诗（2008 年汶川地震的灾害新诗）、生物灾害新诗（2003 年非典疫情的灾害新诗）为主要研究对象，研究这几个特殊灾害时期中中国灾害新诗发展过程中的特点，研究中国灾害新诗在社会发展过程中的作用以及存在的问题等。

研究内容：

研究 20 世纪五四运动以来战争灾害新诗、地质灾害新诗、生物灾害新诗为主要研究对象，研究这几个特殊灾害时期中国灾害新诗灾害叙事观、叙事建构的艺术向度、历史之"真实"、文学之"虚构"、灾害新诗的时代意义、灾害新诗存在的问题等。通过对社会灾害新诗与自然灾害新诗的比较研究，探究面对疫情灾害时更利于疏导普通民众心理的诗歌形式，倡导更多的诗人用更为适合的诗歌形式为社会服务，减少不必要的物力、财力以及人力的损失。

研究重点：

通过对社会的灾害新诗与自然的灾害新诗的梳理与细读，研究生物灾害时期灾害新诗的审美特征，挖掘新诗灾害叙事的文化内涵以及时代意义和存在的问题等，力图找到突发灾害事件时更有效的新诗形式成为普通民众的精神支撑，发挥更大的社会作用，以减少国家不必要的物力、财力以及人力的损失。

研究难点：

对汶川地震时期灾害新诗、非典时期灾害新诗的搜集以及甄别工作有一定难度。特别 21 世纪以来是网络时代，每天出现在网络上关于非典事件的新诗很多，如何从数目众多的新诗中寻找出有价值的新诗作品，是一项费时费心的工作。

研究目标：

中国新诗中的灾害所呈现的是人类生死攸关的社会性事件，诗歌作品的苦难视角和批判姿态得以凸现，通过几个灾害时期新诗创作的比较研究，研究几个特殊灾害时期中国灾害新诗灾害叙事观、叙事建构的艺术向度、历史之"真实"、文学之"虚构"、灾害新诗的时代意义、灾害新诗存在的问题，以中国文化与灾害新诗的结合，既是五四运动以来中国灾害频发、苦难深重的真实展示，也是中国新诗敢于直面社会现实、忧国忧民精神品质的自我印证。力图探究更有效的新诗创作，号召更多的诗人参与灾害诗歌创作，让诗歌在突发灾害事件中稳定普通民众的情绪，成为突发灾害事件时普通民众的精神支撑，减少损失，让新诗发挥更大的社会作用。笔者力求通过对中国灾害新诗的研究，探究出更有效的新诗创作启迪诗人，创作出更有效的诗歌作品，帮助普通民众以一种相对稳定的情绪面对突如其来的灾害，有极强的现实意义。

第一章

传统文化视域下的灾害叙事观

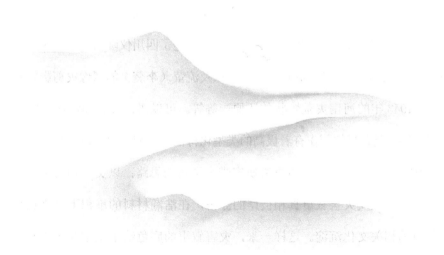

在中国传统文化的视域里，文学和历史都有着一种断代叙述的习惯思维，两者都倾向于在一定的时间维度内坐而论道。这样一来，它们自身的阐释状态和话题的集中性表现，自然呈现出一时的特征。以灾害作为新诗的创作主题进行考察，便可以牵扯出历史和文学的一种互动状态，勾勒出一种新的参照坐标系下的传统文化图景，则能够摆脱时间这一唯一线性的束缚，使其能够在灾害这个单一主题上集中发力，在叙述对象的纯粹性中获得更加自由的发挥空间。

中国传统文化视域下的灾害书写为上述研究思路提供了良好的佐证，从对上古神话的文学考据到近代历史的触手可及。最早反映自然灾害的那些远古的神话和传说，例如夸父逐日、后羿射日、精卫填海、大禹治水、女娲补天等，不仅反映了我们先辈认识和征服自然的迫切愿望，更体现出了我们的先辈不畏艰难、顽强不屈地与灾害作抗争的崇高精神；再至近代以来的文学作品，范长江在《川灾勘察记》里面记述了四川仪陇南部一带灾民无粮可吃，只能以杂草填饱肚皮的情景，以及流萤（李蕤）的《豫灾剪影》对1942—1943 年的河南灾荒惨状的还原，等等。可以讲，灾害和饥饿的因果逻辑使得这类题材的创作有着极高的类型化特征和强烈的文化辨识度。

因此，这种书写方式给灾害研究带来了新的思路：以文学和历史的相关表现作为触及灾害叙事真相彼岸的浮桥，在浩瀚材料的堆积下最终获得有价值的相关文化沉淀。这样一来，灾害叙事的底色给了文学与历史互动的自由，使得它们互为镜像，二者以不同的表达方式对客观事件——灾害进行文字表现。"历史通过从时间顺序表里编出故事的成功，正是历史阐释效应的一部分；从时间顺序表中得出故事，是由于我在别的地方称之为‘编织情节’的运作。"[1] 所以，灾害在历史中留下的印痕成为文学故事发挥的绝佳题材。

第一节 灾害叙事观

一、历史的"真实"

一般来说，"历史"的内涵包含四个层次：一是"历史的真实"；二是"历史的记录"；三是"历史的传播"；四是"历史的接受"。"历史的真实"指的是发生过的事件和已经逝去的历史人物。"历史的真实"有两个大的特点：一个是唯一性，一个是不可重复性。"历史的记录"是历史研究者根据当事者与旁观者的口述、回忆、文字记载下来的历史，比如《史记》。"历史的传播"就比较复杂了，它有两个极端，一是神话，二是丑化。"历史的接受"则有很强的排他性。一种思维成为定式，一个故事成为模式，人们就会拒绝接受这个故事的其他阐释形式[2]。在"历史的真实"框架下，这种书写体式得以涉及真实事件：截至 2003 年 5 月 23 日，北京市 747 名密切接触者全部解除隔离，北京地区非典患者的救治工作已

---

[1] 海登·怀特著：《作为文学虚构的历史文本》，张京媛译，《新历史主义与文学批评》，北京大学出版社 1993 年版，第 162-163 页。
[2] 王立群：《历史建构与文学阐释——以〈史记·司马相如列传〉为中心》，《文学评论》2011 年第 6 期。

经结束，非典传播链完全切断。2003 年 5 月 29 日，北京非典新增病例首现零记录。2003 年 6 月 1 日，卫生部宣布北京市防治非典型肺炎指挥部撤销。2003 年 6 月 10 日，北京连续三天保持确诊病例、疑似病例、既往疑似转确诊病例、既往确诊病例转为疑似病例数均为零的"四零"纪录。2003 年 6 月 14 日，世界卫生组织（WHO）解除对河北、内蒙古、山西、天津的旅游警告。2003 年 6 月 15 日，中国内地实现确诊病例、疑似病例、既往疑似转确诊病例数均为零的"三零"纪录。2003 年 6 月 20 日，小汤山医院最后 18 名患者出院。在不到两个月的时间里，这座全国最大的非典定点收治医院完成了从组建、运转到关闭的全过程，共有 672 名非典患者在这里获得救治，治愈率超过 98.8%。2003 年 7 月 13 日，全球非典患者人数、疑似病例人数均不再增长，本次非典过程基本结束。[1] 这些切实的数据，铺垫了人们对生物灾难的心理预期，并以直观的方式把灾难现场还原。这种方法倾向于停留在灾难所造成的恶性结果的表达上，因此取得独属于历史的分量。它成功唤起人们内心深处对于灾难的本能反应——恐惧、焦虑等一系列消极情绪，并在其巨大的破坏性下把历史和灾难史的讲述方式贯通起来。史实成为凭吊过往的支点，因为仅凭一厢情愿的乐观内容为文化骨架，并不足以支撑历史的厚重。

灾难对于历史来说是一种变数，这成为一向为人们习焉不察的历史惯性的转机所在，这种习惯思维使人们熟悉了与灾难进行抗争的逆天英雄，

---

[1]https://www.meipian.cn/2nofth7k。

却往往忽略了最为普遍的创作底色——普通民众。因此，承袭灾难的巨大痛感，并把这种感知聚焦在底层普通民众的身上，灾害书写下的"历史的真实"便自然需要过渡到"历史的记录"的讲述过程中。

"历史的记录"则以普通民众为主。这种方式多以报告文学和地方志的形式呈现给读者："成都街上的公共厕所，常常门上贴着'内有产妇'。这是各地灾民孕妇，因为生活无着，虽身怀六甲已到临盆，而仍不能不乞食城中，无家可归，往往在街中突感腹痛，只好避入厕中，以厕所为产房。街坊邻里，有发现之者，乃贴条嘱他人勿再入内，或略送饭食，以供其生活。记者在某一条街上，同一日中，曾发现三处之多。"[1] 这就把历史的宏观抽象事件转化为可以感知的具体而微的细民稗史，从最为熟悉的日常生活的细节层面，可以探得灾难在普通民众间引起的诸多反响。这顾及了为大历史书写传统所不屑的民间阶层，以细微的叙事弥补了这一不足。小历史的书写内容，把灾难来袭时受害的普通民众的表现精炼提纯，并有意引导至个体生命的撕裂与意义的倾圮上。这一细微的处理方式通过个体的剧烈所感和灾后细微的心理反应，实现了和灾难的平等对话，在并不对等的对决中获得诠释灾难的权利。

"历史的传播"和"历史的接受"均可以理解为基于创作者和接受者的主观过滤，并得以成文的文字表达。这种记录途径需要借助修辞和艺术

---

[1] 范长江：《川灾勘察记》，沈谱编：《范长江新闻文集·上卷》，中国新闻出版社1989年版，第556页。

再加工，来获得讲述和接受主体的价值认同。这导致了其叙述者目的并不唯一，主观因素的参与发挥成为其关键所在，使得对于事件的解读会出现失真的现象。中国古代和灾害有关的较为著名的神话"女娲补天""鲧禹治水""精卫填海""后羿射日""夸父逐日"等均为"历史的传播"。当然，这种形式并不单单是东方文明所独有的，《圣经》里《起源篇》第六章至第八章中就有许多有关大洪水灾害的历史："洪水把地球淹没了四十天；然后水位上涨，方舟暴露了出来，而且被抬到了地球上面。洪水泛滥，水位升得更高了；于是方舟也升到了地表以上。洪水继续在地球上泛滥；整个天堂之下的所有山峦都被淹没了。水位一直升到了十五腕尺高；山脉被淹没了。所有在地球上活动的生物都灭亡了，家禽、家畜、走兽和每种在地球上爬行的爬行动物，一切干燥土地上的生物都灭亡了。地表上的所有有生命的物质都被毁灭了，人类、家畜、爬行动物和天上的家禽；它们在地球上被毁灭了；只有诺亚和方舟中和他在一起的生物活了下来。洪水一共在地球上泛滥了一百五十天。"

从外部来看东西方文化中相似的阐释形式，反映了人类文明积极应对的状态和往往无果的焦急心态。在面对未知对象时，人类努力寻求一种合理解释，来建立和大自然的沟通渠道，这种文化修饰后的催眠推动了人类文明在历史过程中的自我迭代："文明是对人最高的文化归类，是人们文化认同的最广范围，人类以此和其他物种区别。文明既根据一些共同的客

---

[1]（美）塞缪尔·菲利普斯·亨廷顿：《文明的冲突与世界秩序的重建》（周琪译），新华出版社 2010 年版，第 23 页。

观因素来确定,如语言、历史、宗教、习俗、体制,也根据人们的自我主观认同来确定。"[1] 所以,类似《圣经》中的大洪水,《山海经》中对于灾难的想象性修辞,可以理解为人类文明在自身发展中所表现出来的一种解释机制,这虽没有直接推动人类对于天灾的了解,却完善了人类与自然的和解状态,在每次天启的暗喻后,努力寻求自我反省的动机,去对应历史中灾难为何发生的质问。

类似《山海经》中的这些解释是当时文化形态对灾难的一种解释,它表现了人类对于灾难的了解程度与态度的渐进过程——由无知、恐惧到寻求和解。因此,收集所有"灾害"主题的作品会发现,相应的主题不单单是扮演了一种历史中间物的角色,还沟通了过往与现在,在一向被稀释的历史内容中,通过有限主题"自然灾害"的交集,涵盖了一定时间段内有着泾渭之分的诸多历史阐释,把不同时段的灾害表现串联起来,便可以找寻到历史衍变下其不同文化表现的线索。

二、文学的"虚构"

所谓文学的"虚构",是相对历史对已经发生的事件的阐释而言的,并不仅仅局限在字面意义的虚构上,更不必说,自然灾害的文学书写多采用历史基线上的主观发挥:包括文学创作中所采纳的艺术修辞,例如抒情因素和想象的参与,等等。从某种程度上来看,这是文学区别于其他文明

---

[1] 王德威:《引言》,陈国球、王德威主编:《抒情之现代性:"抒情传统"论述与中国文学研究》,生活·读书·新知三联书店 2014 年版,第 2 页。

形式的特征之一："'抒情'既有兴发自然的向往，也有形式劳作的诉求。一收一放之间，文学动人的力量于焉兴起。"[1] 当然，这也是当今文史纠结的论点所在。相对于历史对于主观能动因素欲拒还迎的暧昧不清，文学对待主观能动发挥的态度则要积极主动得多，有感而发是其成立与否的重要法则，这些文学表达恰恰弥补了历史阐释中不易察觉的一面——例如灾害后创作主体的应激反应，灾难后的社会心理变迁，等等。

因为创作主体的介入，其更多凭借感性思维去探寻生命与历史的对弈状态，进而随史赋形出一个宏观的灾害面貌。因此，"灾害"主题下的文学书写打磨出一个个动人的故事，其中所描述的普通民众与事多了很多对于历史生动、鲜活、庙堂之上的想象空间的细节，是寥寥几笔、压缩之后的传统史官书写所没有的——使得了解过往总是一种枯寂的存在，文学表现中生动的血肉之躯对于灾害的承受弥补了史书中的这一缺憾。例如，自然灾难和因果思维所导致的饥饿频繁成为灾害叙事的主要线索，生理层面的不适往往牵扯出民间层面鲜活的生活细节的写实，这种取材行为恰恰是历史书写所不屑一顾的：白居易的《采地黄者》描绘了在霜灾、旱灾的双重打击下，农民无粮可食，只能到野地里采挖地黄，再和官宦人家换马吃剩下的粮料；张养浩的《哀流民操》描写了元文宗天历二年（1329）的陕西关中大旱，流民饥寒交迫只得吃树皮草根，被迫卖儿卖女，过着朝不保夕的苦难生活，等等。

在情感伦理的探寻上，长歌当哭的文学功能首当其冲，通过直抒胸臆的诗歌书写，表达出大灾之后内心的愤懑并呈现了社会心态的整体变迁。

比如灾荒使得普通民众的伦理道德一步步沦丧，食人现象一开始还只发生在陌生人之间，基本上恪守传统的"孝"的原则，亲人之间仍存在着一种"血浓于水"的骨肉亲情。随着饥饿的一步步升级，骨肉亲情也被弃之不顾了。

> 西门外，
>
> 建筑了一口大锅，
>
> 里面塞满了死人的尸体；
>
> 枯槁的人们，围着那口锅，
>
> 围着那口锅，
>
> 拿着人腿或臂膊，
>
> 在一旁大嚼。
>
> 有一个人嚼着，哭着，
>
> "想不到，
>
> 我会吃亲生的孩子"；
>
> 天哪！
>
> 就看着叫人都饿死完吗？[1]

灾害使普通民众丧失了最为基本的生存条件，在生活物资极度匮乏的生活环境下，普通民众的基本需求必然要降到最为原始的基本生存需要的层面上，发生人吃人的现象也就在所难免，饥饿瓦解了人们日常形成的基本道德准则和美好品格。这是自然灾害在生命形式的异变上所留下的巨大伤痛。因此，灾害过后，个体需要凭借抒情渠道来消化这些应激创伤。这种表现力是文学作品所专有的，如《西门外》等诗歌，把实际的切肤之痛

---

[1] 刘心皇：《西门外——"前夜篇"之八》，周启祥主编：《三十年代中原诗抄》，重庆出版社1993年版，第252页。

导向情感上的以虚涵实，落笔在文学的抒情想象上。

同样，社会上层文明的波动也和底层日常生活紧密相关。因此，和灾害相关的文学书写还有对社会上被动的人心思变和信仰偏移等文化现象的关注。这从相对宏观的角度上，把握到了世事迁移的轨迹。灾害发生之后，普通民众中有大半人的信仰会发生突变，在灾害的艰难生活中，普通民众企盼帮助，特别是精神方面的慰藉，力求能够抓住一根救命的稻草，这时迷信巫术之风便会在灾害期间盛行。在 20 世纪 30 年代灾害接连不断的时候，胡适就曾经提到中国普通民众运用各种各样的迷信巫术来对付灾害，"天旱了，只会求雨；河决了，只会拜金龙大王；风浪大了，只会祷告观音菩萨或天后娘娘；荒年了，只好逃荒去；瘟疫来了，只好闭门等死；病上身了，只好求神许愿"[1]。这些行为在文学的思路下并无对错之分，面对灾害的残忍现实，大多辩证与变通都成为理所当然的合理选择。纵使这些文明的异变行为有着时代和历史的局限，但如果站在当下的视角评价过往，这种表述下的优越性又何尝不是另一种历史局限，所谓批评的合理合法性，自然会在时间的流转下暂付欠缺。

至于面对灾害时候的被动应对，以及人类受害者立场上的保守状态，更多的故事也呈现了人类主动的起身相迎。刘心皇的诗歌《石头列车——黄河堵口记》描写了人们顽强地与恶浪斗争，群策群力，搬运石头，最终堵住了黄河决口。

---

[1] 胡适：《胡适论学近著》，商务印书馆 1935 年版，第 638 页。

哗哗啦啦震惊了这寂静的荒郊，

小石头车，咬着轻便的铁轨，

两个人推着飞样的奔跑，

努力前进要挡住黄河的浪涛。

黄河的性情是到处崩流，

不预先围堵，人们的生命难保，

我们无休止地干，虽说筋疲力尽，

痛苦不堪总比被黄河吞去的好。

......

相信不久一定成功，

那时候，会唱着歌，漫步田垄，

牛王桥头的血汗，不会付诸东流，

大家欢呼着看被堵黄河缺口。[1]

正因为灾难的相衬，才表现出人类的勇敢无畏，在历史的转折点，用向死而生的魄力与勇气，在文明前进的大方向上频频表现出向好与真善的倾向。这种积极的状态成为灾害书写上的亮色，并具体落实为一人一事的文学讲述。更因为文学场域下对于各类题材的不加回避，反而彰显了其积极的一面：对于灾害的描述与想象愈是直观，愈使过往的历史和其中的人文变迁更加真实可信。

三、传统文化视域下的灾害叙事观

在历史和文学的灾害书写中，二者用不同角度的视野来确认灾害的普

---

[1] 刘心皇：《石头列车——黄河堵口记》，《大华晨报》副刊《中原文艺》第5卷9期，1936年6月6日。

遍性，历史主要通过事件的辑佚，文学则更多是通过人事的铺陈。比如，同样是对 1942 年河南自然灾害的描写，既有张仲鲁的《关于一九四二年河南大灾的见闻》历史宏观实景的书写，也有刘震云《温故一九四二》这样基于历史基线上的具体文学演绎。因此，"灾害"成为一个支点，凭借历史与文学的不同叙述，建立了通过灾害主题观看文明衍变的舞台，其自身也呈现出鲜明的文化性格。正如杨义先生所提倡的大文学观，他认为世界上不存在什么纯文学，过度夸大文学的功能，就是对文学与文化，对文学与整个人类社会的生存状态的一种阉割。更不用说对于灾害此类题材的文化表现，因为主题自身的驳杂，更是无法用单一的文化形式做到全面且彻底的把握。这和黄仁宇提倡的大历史观呼应，拉长取景的时间维度，以相似事件为线索，推演出历史规律。文史搭台，灾害唱戏，其最终成为观看文化表现的一处最佳之地。

借助这种思路，相关材料能够处于相同灾害主题的框架下各行其是。这种框架有其共时性，也就使得所有的故事和史料拉近了相互感知的距离。比如对于"灾荒"的描写，既有近代张恨水的《燕归来》："卖了耕牛卖种粮，几天未吃饿难当！看来一物还能卖，爬上墙头拆屋梁。"也有历史深处白居易的《大水》："浔阳郊郭间，大水岁一至。闾阎半飘荡，城堞多倾坠。苍茫生海色，渺漫连空翠。风卷白波翻，日煎红浪沸。工商彻屋去，牛马登山避。况当率税时，颇害农桑事。"[1] 这些内容印证了中国多难兴邦

---

[1] 白居易：《大水》，顾学颉校点：《白居易集》第一册，中华书局 1979 年版，第 27 页。

的传统古已有之，并在断代史无法涵盖的时间广域内得出中华文明和自然灾害的关系形态，把灾害、历史与文学进行有效互文。

列维·斯特劳斯指出："城市或城邦的建立、阶级差异及特权、革命或变革造成社会的根本转型、自然灾害引起的社会特殊反响等等，有关这类内容的所有故事，无论是以社会科学的形式或是以历史的形式来讲述的，都参与了神话的制造……"[1] 因此，灾害主题下所观察到的文明变迁与回馈，生动地体现在文史搭建的舞台之中，并具体体现在灾害主题的集体记忆上。"正是在这个意义上，存在着一个所谓的集体记忆和记忆的社会框架；从而我们的个体思想将自身置于这些框架之内，并汇入到能够进行回忆的记忆中去。"[2] 所以，对于灾害的印象，它们可以同时出现在蹇先艾的《乞丐》和章泯的《弃儿》中，通过类似具体人物命运的表现，具象对于灾害的理解和记忆，实现接受主体在历史流变中对灾害认知的强化。

这种记忆舞台的构建得益于历史的宏观视野和文学铺陈下的微观视野的共同努力。

在历史的广袤纵深处，从不同的时间维度中找到相似的事件题材，如1915 年珠江流域的大洪水、1920 年的甘肃大地震、1928 年至 1930 年西北和华北大旱、1931 年江淮流域大水灾、1938 年花园口决口事件等，它们

---

[1] 海登·怀特：《历史主义、历史与修辞想象》，"Historicism, History and the Figurative, Imagination"in Tropics of Discourse: Essays in Cultural Criticism, Baltimore: The johns Hopkins University Press,1987，第 182-183 页。
[2] 莫里斯·哈布瓦赫，毕然、郭金华译：《论集体记忆》，上海人民出版社 2002 年版，第 69 页。

建立的缓冲地带让人类文明熟悉并应对灾难的猝不及防，并在向历史的求证中能够有的放矢。同时，这种方式与思路把灾害材料聚合成型，随史赋形出一个同质的整体，事件的孤立存在转进历史的常态发展中，成为一种"集合"的存在，在流动不居的形式衍变下，分离出灾害的内核。即如各种灾难形式的表现以及事件的书写最后均能落实到人类各种与之对应的状态上，并转入人类文明的应变和随即而来的迭代上。

从文学的灾难表现来看，它丝毫不回避负面内容的集中呈现，并试图从个体面临灾难时的感情、体验、动机作为文本中心的出发点，这和灾害的历史观截然不同，灾害的历史观意图达到宏观平衡状态，灾害的文学观却意在拒绝时间淘洗，寻求个体在存在主义上的表现。因此，从主观方面着笔，文学对于各种消极特征表现出了足够的宽容，以此来寻求感情动机和时代背景的瓜葛。在这种非理性的感情思维下，焦虑、死亡、苦闷、恐惧、未知、反抗……成为个体存在的最好诠释。

> 悲伤的好人，轻浮如杜甫
>
> 今夜，我必定也是
>
> 轻浮的，当我写下
>
> 悲伤、眼泪、尸体、血，却写不出
>
> 巨石、大地、团结和暴怒！ [1]
>
> 你们迷失在洋楼的迷魂阵里，
>
> 你们在珍馐的香气里流着口水，

---

[1] 朵渔：《今夜，写诗是轻浮的……》，http://blog.sina.com.cn/s/blog_48f729c901017x99.html。

嘈杂的音响淹没了你们的哀号，

这里的良心都是生了锈的。[1]

通过这些性格特征的描写，诗人稳固了个人在历史中的存在，翔实描述了个体面对灾害时的主观感受。文学的灾难表现丝毫不回避各类人间惨烈和情绪的消极化倾向，它甚至痴迷于这类材料上的极端化体验，一面意在求得文学功利化的戏剧冲突，在平常并不鲜见的材料处理中，夸大生命的撕裂感，加剧对于痛感的执迷，从而能在个体情绪的放大中暂时获得和灾害、历史交手的资格。再者，在灾害文学如此个性化的表现中，因为放大的生命体验拓宽了对于灾害的心理预期，为灾害每次不期而至所带来的次生灾害，比如心理创伤的排解找到出路。

应对灾难的选择，文学的感性和历史的理性开拓了灾害主题充裕的施展空间，为文明由启蒙到成熟再至不断进化的相应研究点明思路。历史的严密思维给了人们脚踏实地的评判依据，文学的包容性又调动了人们对于社会未知的想象和希望。二者合而观之，是一种应对灾害阐释的综合文化表现。中国文化视域下的灾害文化观即是通过文学作品表现灾害带给人类的苦难以及人类的抗争，人类认识自然和征服自然的迫切愿望，更体现了中华儿女不畏艰难险阻、顽强不屈地与自然和社会灾害作斗争的崇高精神，作为文学主要体裁的新诗的灾害叙事研究的意义和价值也就在于此。

---

[1] 臧克家：《生命的零度》，《臧克家文集》，华夏出版社2000年版，第95—98页。

第二节 对人类社会的破坏性客观 景观的展示

诗歌是文学的重要组成部分，在中国文化传统中，诗歌自古就被众人所推崇。从《诗经》到唐宋诗人们的诗作，在各个历史时期都有其独特的存在。随着时代的变迁和文化的演变，诗歌作为文学形式的发展也是不断变化和演进的。但是，无论是古代还是现代，在文学传统中，诗歌都始终占据了非常重要的地位。在古代，许多文学巨匠都以诗歌作为他们创作的手段，他们的诗作被视为文学造诣的最高展现。从唐代的李白、杜甫到宋代的苏轼、李清照，再到现代的戴望舒、艾青，诗歌一直是文学传统中的一颗璀璨明珠。在突如其来的灾害面前，诗歌又成为最为便捷的记录灾害事件的文学形式。

纳入诗人创作思维的首先是对灾害事件的破坏性客观景观的展示。读者熟知徐志摩多是因为他的爱情诗，特别是他的抒情诗《再别康桥》感动了一代又一代的读者，很多读者不知道的是，徐志摩更是一位极为关注中国社会发展的知识分子，他也有很多关注时代和社会的诗歌作品。他的作品《叫化活该》："'行善的大姑，修好的爷，'／西北风尖刀似的猛刺着他的脸，／'赏给我一点你们吃剩的油水吧！'／一团模糊的黑影，捱紧在大门边。// '可怜我快饿死了，发财的爷，' / 大门内有欢笑，有红炉，在玉杯；/ '可怜我快冻死了，有福的爷，' / 大门外西北风笑说，'叫化活该！'"用细腻的笔触写出了军阀混战时期中国艰难的社会客观景观，西北风"尖刀似的猛刺"着穷叫花子的脸，但是叫花子为了能够得到一口吃的，不惧寒冷，不惧西北风的嘲笑，依然挨家挨户乞讨，相隔一扇门，他们的境遇有着天壤之别，而这种生活的差距在军阀混战时期是生活客观的常态！贫与富，冷与热，两种生活和感受形成了极大反差，构成了强烈的对比，饱含诗人对不公平的社会现实的不满和愤懑。《叫化活该》可以说是用白话文写出的古诗中"朱门酒肉臭，路有冻死骨"的现代诗篇。在新诗中，对中国社会现状的不公正进行谴责的、要求改变社会现状的思想尤为明显。

徐志摩的另外一首诗歌作品《先生先生》，描写了在大冬天冰冷的北风中，一个身穿破烂单衫的小女孩飞奔着追赶着一辆人力车，"可怜我的妈，/ 她又饿又冻又病，躺在道儿边直呻——/ 您修好，赏给我们一顿窝窝头，您哪，先生！"车上头戴大皮帽的先生冷冷地说："没有带子儿，"寒冷的天气、单薄的衣衫、快速的飞奔导致小女孩脸色紫涨，气喘吁吁，但是小女孩依然不死心地追着，为了重病中的母亲能够有口吃的，诗歌在最后一节"飞奔……先生……/ 飞奔……先生……/ 先生……先生……先生……"中结束，七个省略号把先生的冷酷无限放大，把小女孩身处的艰难的社会客观景观无限延伸，把军阀混战时期战争带给普通民众生活的破坏性无限扩张，同时引起读者的反思，造成如此凄惨生活景观的本质原因。

　　王亚平的《农村的夏天》，展示了抗战时期的客观景象，深切表达了战争给人们带来的灾难。夏天正是农忙的时候，农民应该正忙着在地里耕田插秧的时候，但是因为战争，地里"没有人耘田，也没有人插秧"，人们"为了活"不得不逃离家乡，奔涌在逃荒的人流中。

　　　　夏天真没有夏天模样，

　　　　没有人耘田，也没有人插秧，

　　　　大道上奔涌着饥饿的人群，

　　　　为了活才撇下自己的家乡。[1]

　　臧克家的《难民》的开头"日头堕到鸟巢里，黄昏还没溶尽归鸦的翅膀"，"归鸦"一个意象让读者展开无限的想象空间，每到夜晚降临的时候，乌鸦都会飞回窝巢与家人相伴，但是难民呢，在夜幕降临之时却无家可归，而且因为路途艰难而危险时时有可能成为归鸦的食物，写出了当时难民艰难的生活处境。"沉重的影子，扎根在大街两旁……一张一张兜着阴影的脸皮，/ 说尽了他们的情况。"通过外貌描写，更是细致入微地描写出难民来到古镇时的凄凉景象。读到这里，让人不由得想起蒋兆和的《流民图》中一个个栩栩如生的难民形象，一个是属于语言艺术的诗歌《难民》，一个是属于绘画艺术的图画《流民图》，却有着一个共同的主题，表现难民生活的艰难与苦难，对当时难民艰难的生活状态表现得客观而真实，当时的国家政治体制带给人们的是背井离乡、风餐露宿。臧克家在《难民》之

---

[1] 王亚平：《农村的夏天》，《两代书》，人民文学出版社 2002 年版，第 16 页。

前的创作《老马》，"背上的压力往肉里扣，／它把头沉重地垂下……眼前飘来一道鞭影"，用"老马"这一意象表现那个时代中国农民艰难的生活状态，《老马》中的农民比《难民》中的难民生存状态要稍好一些，倒是有家可归，但是生存状态一样的艰难，在皮鞭下沉重地讨生活。

艾青的《冬天的池沼》把那个时期的社会客观景观写得深沉悲凉。艾青曾说过："把忧郁与悲哀，看成一种力！把弥漫在广大的土地上的渴望、不平、愤懑……集合拢来，浓密如乌云，沉重地移行在地面上，……伫望暴风雨卷带了这一切，扫荡这整个世界吧！"诗人面对冬天的池沼，内心深处在焦灼地期待，期待着这种景象的改变。这首诗与诗人差不多同时所作的《旷野》一样，所描写的是抗战时期中国的社会客观景观，抗战时期中国人生存的环境。然而，这首诗在写法上与《旷野》不同。《旷野》是采用冷峻的写实，白描旷野上的一组组客观景观，《冬天的池沼》则是采用比喻，以生动传神的比喻，来刻画《冬天的池沼》的形象。无论是写实，还是比喻，《旷野》和《冬天的池沼》都收到了良好的艺术效果。

《冬天的池沼》的比喻贴切。第一组比喻：冬天的池沼，"寂寞得像老人的心"。因为池沼处在寒冷中，无人光顾，甚至连鸟儿都远飞他处。冬天的池沼寂寞无比，人老了，就如季节进入冬天，心是孤独寂寞的。第二组比喻：冬天的池沼，"枯干得像老人的眼"。因为池沼处于寒冷中，没有雨水浇灌，河流、小溪也全部结冰，池沼枯干了。人老了，眼力不济了，失去了光辉，是劳苦磨失了光辉。第三组比喻：冬天的池沼，"荒芜得像老人的发"。因为池沼处于寒冷中，草不长花不开，人老了，就失去了生命的活力，头发脱落，稀疏而又灰白。第四组是整体比喻："冬天的池沼／阴郁得像一个悲哀的老人。""老人的心"，"老人的眼"，"老人的发"，由点带面，整首诗浑然一体。比喻的成功，使这首诗获得极大成功。艾青深知比喻力量的巨大，因而在他的诗作中经常利用比喻。对于比喻，艾青有自己的见解和追求。他竭力避免一般化、人们用滥了的比喻，而力求鲜活的、贴切的、生动形象、具有表现力和感染力的比喻。艾青的笔下，令人拍案叫绝的比喻信手拈来。

《冬天的池沼》在读者面前结构了一幅苍凉的客观景观。艾青说："诗人应该有和镜子一样迅速而确定的感觉能力，——而且更应该有如画家一样的渗合自己情感的构图。"[1] 诗人"我"在这首诗中隐藏极深，使读者几乎感觉不到诗人的存在。好像诗人就是在描绘一幅《冬天的池沼》的客观景观，除给读者以苍凉阴郁的感觉之外，并无其他意图。然而，继续感受，还是能够发现诗人"我"的存在的。诗人并不是为写池沼而写池沼，当然，仅仅是写池沼，让人们欣赏这幅客观景观也没有什么不好。诗人是通过写池沼来抒发一种情感：这《冬天的池沼》太苍凉、太悲哀了，这种状态应该改变，而冬天不应该永久存在，冬天过去，春天就会到来。当春天到来之时，这《冬天的池沼》就会变成《春天的池沼》，这池沼便会是一派欣欣向荣的景象：清波荡漾、青草流碧、鲜花盛开。这样的景色，就会招引来鸟儿以及鸟儿的歌唱，美丽的景观也就会引来人们到这里来玩耍

---

[1] 马德俊：《艾青近期诗歌的艺术特色》，《河北大学学报（哲学社会科学版）》1982 年第 3 期。

了，这里便不再是寂寞的天地了。而创作的意图，诗人在诗中并没有说，甚至连一句比较明显的暗示也难以找到，但这也正是这首诗的长处，寓急切的盼望于冷静的客观景观描写之中，引而不发。"诗之中须有人在。"这是我国古诗论中的一句话，这句话一针见血地道出了作诗的奥妙，也道出了构成诗美的一种客观存在。至于"人"在诗中处于怎样的位置，是明还是暗，这就要看诗人在创作时的具体构思了。"人"在诗中的明或暗，并不是诗好坏的标准，"人"在诗中明也好暗也好，如果处理得恰到好处，都能够写出好诗来。

艾青的《雪落在中国的土地上》以"雪落在中国的土地上／寒冷 在封锁着中国呀……"为全篇的主旋律，为了能够使得色彩与诗歌的主题、诗人的心境相一致，全篇以白色和灰色的冷色调为主。《雪落在中国的土地上》中的整体意象"雪"开启了读者冬天的记忆，记忆中的"雪"化成读者头脑中具体的画面，抽象的诗句便转化成了具体可视的形象：一幅白茫茫的雪的客观景观——"雪夜的河流""雪夜的草原""广阔而又漫长"的"雪夜"便在读者头脑中活灵活现起来。而这雪景图又与传统国画的萧疏淡远意境的雪景截然不同，通过象征与隐喻，它成了一幅"苦痛与灾难"的雪景客观景观，由此完成想象色彩与心理情感的互动效应。这类像"雪"的白色和灰色的冷色调在艾青抗战诗歌中频繁出现，多集中在土地类意象的诗歌作品中，如土地、道路、北方、旷野，诗中的黑、灰白、灰黄、白等冷色调，充分渲染出抗战时期北方农村的破败、凋敝的客观景观。

李小雨的《记住汶川：十四点二十八分》记录了 2008 年 5 月 12 日 14

时 28 分 4 秒发生地震时的客观景观，大自然的广博与强大，生命的渺小与脆弱，灾害的突发性与偶然性，在第一时间带给普通民众强烈的心理攻击与震撼，激发了诗人异常强烈的创作欲望，"山崩地裂、江河折断、巨石倒倾"，"一层断墙、一片碎瓦"，"甚至两行热泪，以及被埋在黑暗中的 / 再也触不到的指尖和体温"，把自然灾害猝不及防的惨烈客观景观呈现在读者面前，由此可见，自然灾害给普通民众造成的心理创伤更为深重，特别是在和平、稳定、祥和的年代。

> 这是十四点二十八分的汶川
>
> 山崩地裂、江河折断、巨石倒倾
>
> 当烟尘和巨大的震颤声隆隆散去
>
> 生与死、天与地竟这样的近
>
> 近到只隔一层断墙、一片碎瓦
>
> 甚至两行热泪，以及被埋在黑暗中的
>
> 再也触不到的指尖和体温……[1]

凹凸的《那一天》"那一天 / 上午的太阳下午不出现 / 风起：地动，山摇，乌云一块一块悬在头顶 / 谁都看见了我的惊慌！先是泪雨，再是天雨 / 不到午夜，举国的雨便落了下来"[2] 抓住地震到来时的典型性细节进行艺术化表现，把自然灾害地震给人类带来的猝不及防的惨烈客观景观

---

[1] 李小雨：《记住汶川》，《中国监察》2008 年第 11 期，第 60 页。

[2] 凹凸：《那一天》，《汶川大地震诗歌经典》，四川文艺出版社 2009 年版，第 2 页。

真实地呈现在读者面前，引起读者强烈的情感共鸣，在和平年代，地震的惨烈给普通民众带来的心理创伤尤为严重。

无论是自然灾害的客观景观描写，还是社会灾害的客观景观描写，诗歌的灾害叙事都为后代了解当时的社会灾害现实提供了可靠的资料依据，也为灾害亲历者提供了情绪发泄的渠道，具有较高史学价值和现实意义。

第三节 破坏性客观景观下
人们生活的苦难

纳入诗人创作思维的不仅仅是对灾害事件的破坏性客观景观的展示，也表现出破坏性客观景观下人们生活的苦难。

刘大白 1920 年 5 月 31 日创作于杭州的《卖布谣》，用生动真实的画面表现出小手工业者在外国资本主义侵略和国内封建势力的双重压迫下的苦难生活。织布人家尽管日夜勤劳，却依然缺衣少食，由于洋布大量侵入中国市场，中国的土布卖不出去，官府又支持洋货，不仅扣下土货，还要征收大量捐税，织布者最终只能落个布被充公、人坐牢的凄惨后果。作品所表现的破坏性客观景观下，普通民众生活的苦难具有普遍的典型性，所以作品内容具有现实生活的深刻概括性，展现了新诗运动初期一部分诗人的现实主义创作倾向。《卖布谣》明显地受到唐代以白居易为代表的新乐府诗的影响。在创作主题上，描写破坏性客观景观下普通民众生活的苦难，在表现手法上，通过突出的典型事例揭露人为灾害，真实地描写出 20 世纪初的社会现实。在艺术上，刘大白采用传统民谣形式，明白晓畅，平易亲切，这在新诗运动初期，也是独树一帜的创造。

嫂嫂织布，

哥哥卖布。

是谁买布，

前村财主与地主。

土布粗，

洋布细。

洋布便宜，

财主欢喜。

土布没人要，

饿倒了哥哥嫂嫂！[1]

胡适发表于 1918 年 1 月 15 日《新青年》的《人力车夫》中对于"客"的身份描写模糊，但是可以排除的"客"绝对不会是底层的劳动者。在那个艰难的年代，一般的底层劳动者不会坐人力车，先别说有没有钱，就是有这个闲钱也舍不得坐人力车，人力车一般是较近距离间的交通工具，底层劳动者不会为了一点距离的省力而花这个冤枉钱。那么他属于中上社会阶层的，有一定经济实力和去坐人力车的必要，最后的一句话"拉到内务部西"，和内务部有了联系，可见"客"并不简单。然而，"客"的处境却也是不容乐观，对于年幼车夫，他有着强烈的同情心。从一个角度，如果"客"的处境很好，那么他完全可以直接帮助这个车夫，比如可以托人等手段安顿好这孩子使之免受这种苦难，等等。可是"客"，最后是非常

---

[1] 刘大白：《卖布谣》，https://m.pinshiwen.com/yuexie/wxjx/20190729161902.html 。

犹豫、为难地坐了小车夫的车以帮助小车夫赚得钱，暂时缓解车夫的困境。结合当时的时代背景，"客"的身份很大可能是当时的知识分子，关注社会，渴望国家的强大，希望底层民众能够过上好生活，却往往是现实生活中处处受限制，处处受挤压。这里，"客"对小车夫体现出来的人道主义关怀值得肯定，尽管只是在心中，现实中并无法实现。

小车夫的服务态度很好，在开头，"客"招呼："车子，车子。"小车夫是拉车如飞而来，非常珍惜自己的这来之不易的生意。当"客"见到小车夫时，瘦削不堪，很是怜惜，不禁关心起小车夫，几岁啊，拉了多少时间的车啊，小车夫一听，误会了，以为客人看不上，不想坐自己的车了，赶紧接道："今年十六，拉过三年车了，你老别多疑。"说话干脆明白，一点不拖泥带水，结尾很礼貌地加了一句，你老别多疑，称呼得体，甚是恭敬。"客"是一个极具同情心的知识分子，对于年幼的车夫，不忍坐车上，说出了自己的想法，小车夫一听，更紧张了，"我半日没有生意，又寒又饥"，当即说明了自己的困境；"你老的好心肠，饱不了我的饿肚皮"，进而说明"客"你老人家这样的关怀是无法帮助到我的，看的通透；"我年纪小拉车，警察还不管，你老又是谁"[1]，当时有这样一条规定："警察法令，十八岁以下，五十岁以上，皆不得为人力车夫"，小车夫从这个警察法令出发，极力推销自己，也从另一方面反映了当时社会国家体制管理的混乱。小车夫，年幼迫于生计出来拉车，几年的磨炼使得他对社会的认识通透，

---

[1] 胡适：《人力车夫》，《胡适文集》，人民文学出版社1998年版，第204页。

清楚地知道"客"的那种浅薄的人道主义关怀对急需物质帮助的他没有任何作用，由此深层次揭示出当时社会的黑暗。

同时期，朱自清的《羊群》用象征手法写出了普通民众在当时黑暗统治之下的艰难生活，形象地描绘出一幅弱肉强食的残酷画面，普通民众弱小，无权无势，只能像羔羊一般任恶狼般的权势任意宰割。表现出作者对被压迫、被残害的弱小者的同情，以及对残害弱小者的恶势力的愤慨。

> 瑟瑟的浑身乱颤
>
> 腿软了
>
> 不能立起，只得跪了
>
> 眼里含着满眶亮晶晶的泪
>
> 口中不住地芊芊哀鸣。
>
> 狼们终于张开血盆的口
>
> 他们喉咙里时时透出来
>
> 可怕的胜利的笑声……
>
> 这时月又羞又怒又怯
>
> 掩着面躲入一片黑云里去了。[1]

闻一多的《发现》形象地写出了一颗充满血与泪的赤子之心在极度幻灭时的强烈心理变化过程，这是一次大爱与大恨、大希望与大绝望强行扭结在一起的一种心灵体验。诗人哭着喊着"这不是我的中华，不对，不对！"他一再强调自己"不知道是一场空喜"，他在情感上难以承受这巨大的幻灭感所产生的摧毁力，他当时面临着一个极其可怕的心理深渊，"那是恐怖，

---

[1] 朱自清：《羊群》，https://www.ximalaya.com/sound/513309955 。

是噩梦挂着悬崖”，这意味着闻一多在异国他乡时一直赖以支撑自己的精神支柱——“如花”的祖国的轰然倒塌，以极其夸张的手法写出了破坏性客观景观下人们生活的苦难。我们知道，闻一多在美国留学时炽热的爱国情思中包含着对抗在异域所受到的屈辱感的强烈动机，可以说在外留学期间，他获得民族自信和民族尊严的重要精神支柱就是通过对祖国的“如花”的想象得到的。在这时，心灵本身是脆弱的、敏感的，强烈的皈依渴望中明显充满了极强的幻化的理想色彩。

然而，当闻一多踏上祖国的土地的那一刹那，无边的黑暗的窒息和满目疮痍几乎将他击倒。闻一多在这里是直抒胸臆地概括出这种窒息和满目疮痍，他并没有用具体的细节正面地描述踏上祖国土地时见到的满目疮痍、生灵涂炭、民不聊生的凄惨景象。闻一多此时是无暇诅咒那些引起自身幻灭的悲惨的黑暗中国的景象的，这只能是等感情冷静之后再考虑，不仅仅是诗艺运用的问题。对于此时的他来说，他首先要做的就是由极不愿意到必须承受这一巨大的绝望与幻灭。面对眼前看到的一切，闻一多心理上难以承受、内心异常痛苦，内心逼迫着自己，本能地喊出了“这不是我的中华，不对，不对！”迸着血与泪的眩晕的话。同样，“我追问青天，逼迫八面的风，/我问，（拳头擂着大地的赤胸）”都是心灵难以承受的巨大的痛苦感和幻灭感逼迫的结果。这是大绝望时的痛苦，是一种难以诉说的痛苦。读者们普遍认为在《发现》中，闻一多基于巨大的痛苦之上的对祖国的执着和忠贞的爱最终通过清醒的理性重新建立了起来，这应是痛定思痛之后的思想的深化和责任的承担。恰恰相反，闻一多正是在《发现》中将焦点对准了极度绝望、极度幻灭时自己整个心灵的高峰体验状态，也就是非理性心灵状态，才达到最终的理性的艺术效果的。在整首诗中，聚焦的只有他呼天抢地的血与泪的诉说，捶胸顿足、撕心裂肺的哭喊。《发现》全篇就像是从内心体验的巨大痛苦场中逼迫出来的近乎崩溃和疯狂的语言的连缀，是一种非理性体验。

闻一多在《发现》中并没有用一种格律形式的手段（《死水》）或意象的手段（《红烛》）在理性上加以引导，而是任由情感如喷泉般释放和爆发。这种真挚的感情正如诗人表白的那样："我只觉得自己是座没有爆发的火山，火烧得我痛却始终没有能力炸开那禁锢我的地壳，放射出光和热来。"全篇充溢着的激情像烈马一样横冲直撞地奔腾跳跃，像狂瀑一样急流直下地喷泻而出，毫无一点束缚。所以，在《发现》一诗中，读者很难把诗情与诗艺两者完全割裂开来，诗歌开头"我来了，我喊一声，迸着血泪"，给读者的突兀和劈空之感其实是诗人急迫地反抗由于极度的绝望感和幻灭感迅即生成的巨大心理压力导致的。可以说，《发现》中的诗情和诗艺，在释放心灵的极度的幻灭感和痛苦感上完满地统一了起来。

> 我来了，我喊一声，迸着血泪，
> "这不是我的中华，不对，不对！"
> 我来了，因为我听见你叫我；
> 鞭着时间的罡风，擎一把火。
> 我来了，不知道是一场空喜。
> 我会见的是噩梦，哪里是你？
> 那是恐怖，是噩梦挂着悬崖，

那不是你，那不是我的心爱！

我追问青天，逼迫八面的风，

我问，拳头擂着大地的赤胸。

总问不出消息；我哭着叫你，

呕出一颗心来，——在我心里！[1]

臧克家的《难民》并不像他其他的作品一样广为传播，但他在诗中所流露出的强烈的情感却是真实而凝重的，每次读起都被深深地震撼。难民的命运异常悲惨，他们面临着严重的生存困境：被迫背井离乡、风餐野宿，过着漂泊流浪的动荡生活。难民得默默承受身体上及精神上的无尽的双重伤害。生理上不可抵抗的饥饿、精神上的孤寂无助、无归宿感，使他们成了异端人群。一群被故乡无法容纳，又被异乡拒绝的人，只能永无停止地流浪。"陌生的道路，无归宿的薄暮"是他们命运的最真实的写照。他们沉重的脚步只能从这条陌生的道路踱到另外一条陌生的道路，世界很大，却永远也没有一寸土地肯收留他们。"人到那里，灾难到那里。"就是这个理由，故乡把他们抛弃了，异乡也因此拒绝了他们。难民就像海里无根的浮萍，无依无靠。在破坏性客观景观下，人们生活的苦难引发人们深切的反思。

这是一首叙事抒情诗，在整首诗中我们可以完整地看到难民的一段苦难经历：他们在陌生的道路上走着，看到炊烟不由想起远离的故乡，在异乡的村口，却被拒之门外。诗人把诗当作散文来写，加重了叙事的定量，

---

[1] 闻一多：《发现》，https://baike.so.com/doc/10043967-10556883.html。

明显的开头和结尾，由最能反映难民凄惨状态的几个特点展开："日头堕到鸟巢里，黄昏还没溶尽归鸦的翅膀"，"黄昏"这一具体的象征色彩，写出了难民命运的多舛。"归鸦"这一意象让人产生无限想象：乌鸦都有一个家可回，可作为人类却找不到自己的栖身之处；另一层就是难民的跋涉是困难而艰险的，随时都有可能成为未归鸦的腹中食物。难民的艰难处境是可怜的，也是值得被同情的。"螺丝的炊烟牵动着一串亲热的眼光，在这群人心上抽出了一个不忍的想象：'这时，黄昏正徘徊在树梢头，从无烟的屋顶慢慢地涨大到无边，接着，阴森的凄凉吞了可怜的故乡。'铁力的疲倦，连人和想象一齐推入了朦胧，"难民总是很容易被一些熟悉的场景牵动心底深处的故乡情思，而他们对故乡唯一的情思却也总是被无情打断，对他们来说，想象与思念都是一件奢侈的事。饥饿无时无刻不在提醒着难民，残酷的逃难现实就摆在眼前。"年头不对，不敢留生人在镇上。""唉！人到那里，灾难到那里！"最后的一丝希望最终被摧毁，"一阵叹息"融进了无尽的黄昏的苍茫，他们的希望落空了，只能绝望地离开这异乡，沉重的铁门声狠狠地在难民的背后关上，沉重的铁门声深深地落在难民的心底。

　　整首诗的语言质朴、凝重，把难民的悲哀赤裸裸地呈现在读者面前，让我们不得不为之震撼，不得不打心底深深同情这些处在生活苦难中的难民。臧克家站在第三人称的角度上来叙写这一群难民的经历，除了可以增大叙说的时间、空间，还能使诗人更加客观地抒情。尽管整首诗没有一句是直接抒情的，但朴素的叙事语言却承受着诗人沉甸甸的同情和悲伤，深挚的情感藏在朴素的叙事语言之外，也许这就是这首诗的感人之处。

东方浩的《寻找》，表达了汶川大地震之后给普通民众造成生活的苦难，地震之后，汶川的民众"正被寒冷、饥饿和死亡笼罩"，地震之后带给民众的是增添了孤儿，校园没有了以往琅琅的读书声，城市失去了笑声和歌声，地震带给汶川普通民众的，不仅仅是家园的失去和亲人的死去，更多的是心理的严重创伤和苦难感，需要地震之后更长时间的弥补。

> 那片黑暗中的上地　不能再增加
> 一丝泥泞。那些废墟下的人们
> 正被寒冷、饥饿和死亡笼罩
> 帐篷里的孤儿在寻找家的灯光
> 坍塌的校园在寻找琅琅的书声
> 遍地废墟的城市和乡镇　在寻找
> 早先的笑脸和歌声[1]

沈浩波的《怎么可能不悲伤》："美丽的四川／失去了整整一代人／我怎么可能不悲伤／那么多丈夫／失去了妻子／昨天还在枕边／今天尸骨全无／那么多母亲／失去了孩子／在雨中的废墟上／母亲打着伞／为压在下边的儿子挡雨……那么多少女／手术刀在她们身体上切割／从此她们失去腿脚／无法在阳光下翩翩起舞"，[2] "昨天还在枕边／今天尸骨全无""母亲打着伞／为压在下边的儿子挡雨""从此她们失去腿脚／无法在阳光下

---

[1] 东方浩：《寻找》，《汶川大地震诗歌经典》，四川文艺出版社2009年版，第61-62页。
[2] 凹凸：《那一天》，《汶川大地震诗歌经典》，四川文艺出版社2009年版，第119-120页。

翩翩起舞"三个细节的描写，触碰到了读者最为脆弱的内心深处，"心中装满的／依然只是悲伤"，幸福祥和的生活中，突如其来的灾害摧毁了一个又一个的家庭，同样是灾害，处于长期和平幸福年代的地震这样的自然灾害带给普通民众的生活苦难在普通民众心里的主观感受更为深重，也更难以承受。

第四节 灾害逼迫下人们的抗争

纳入诗人创作思维的不仅仅是对灾害事件的破坏性客观景观的展示，也不仅仅是表现出破坏性客观景观下人们生活的苦难，如果仅是展示主客观的苦难，诗歌也就失去了它的社会宣传的作用。纳入诗人创作思维的更多的是在灾害的逼迫之下，人们顽强的抗争精神的展示。

宗白华的《乞丐》，写了一位乞丐，尽管生活在苦苦煎熬之中，却依然怀有一颗爱美之心，走在"蔷薇的路上"，"手里握着花朵"，而且"口里唱着山歌"，如果"明朝不得食，／便死在蔷薇花下"。乞丐热爱生活，拥有乐观的精神，这个乞丐应该是心中有理想，眼中才有光，才能够发现生活中的美，才有力量与命运进行抗争。

> 蔷薇的路上，
>
> 走来乞化一个。
>
> 口里唱着山歌，
>
> 手里握着花朵。
>
> 明朝不得食，
>
> 便死在蔷薇花下。（但愿老死花酒间，不愿鞠躬车马前）[1]

---

[1] 宗白华：《乞丐》，https://wenda.so.com/q/1537898689219254 [1]https://www.meipian.cn/2nofth7k。

读着宗白华的《乞丐》，不由得想起电视连续剧《大染坊》中的陈寿亭，自古英雄出草莽，陈寿亭也是和朱元璋一样的传奇人物，从一个不起眼的小乞丐，依靠自身强大的能力，迅速成长为一个响当当的商业奇才。小小的年纪还在沿街乞讨时就能够苦中作乐，在街中的说书、戏剧中吸收正能量，开始，陈寿亭还是一个在街头乞讨的，但是陈寿亭从小就有远大的理想，凭借自己的经商天赋和毅力，不断与命运抗争，最终成就了一番事业。在乞讨的艰难生活中，依然能够发现生活中的美，内心存有命运不公的抗争精神，宗白华的《乞丐》应该也会有一个美好的未来。

闻一多的《口供》中，诗人贯穿诗中的强烈的爱国心清晰可见，读者可以看到诗人的近代民主思想，这种思想是双重文化影响的结果，是在中华民族传统文化熏陶下而形成的民族精神和受西方文化影响而形成的思想。同时，读者也看到了中国封建社会时期文人孤傲的影子和西方资产阶级绅士闲雅的影子，如果诗人仅仅自足于此而止步，就不可能有足够的勇气敢于面对当时真正的社会现实。但是，诗人最终摆脱了内心深处对于当时社会现实幻美的想象，勇于迈出了前进的第一步，他首先深刻解剖了自己肮脏的灵魂，看到自己受封建和资产阶级文化影响的异常可怕的一面："可是还有一个我，你怕不怕？——苍蝇似的思想，垃圾桶里爬。"这也就是鲁迅在自我解剖时所说的灵魂深处的"鬼气"和"毒气"。诗人既看到了自己积极阳光的一面，也看到了自己消极阴暗的一面；既肯定了自己灵魂追求高尚、完美的一面，也无情地自我揭露了自己灵魂中卑微、肮脏的一面，这标志着诗人在追求完美品格的道路上的重要转变，在自我深刻剖析中展现了内心深处的对于现实社会的抗争，在《口供》中，诗人直率地和读者交流思想，坦荡地揭露自己灵魂的肮脏，真实地再现了决意抗争前的痛苦挣扎。

> 我不骗你，我不是什么诗人，
>
> 纵然我爱的是白石的坚贞，
>
> 青松和大海，鸦背驮着夕阳，
>
> 黄昏里织满了蝙蝠的翅膀。
>
> 你知道我爱英雄，还爱高山，
>
> 我爱一幅国旗在风中招展，
>
> 自从鹅黄到古铜色的菊花。
>
> 记着我的粮食是一壶苦茶！
>
> 可是还有一个我，你怕不怕？——
>
> 苍蝇似的思想，垃圾桶里爬。[1]

臧克家的《古树的花朵》中，当"不抵抗将军"、山东省主席韩复榘命令范筑先放弃管辖的聊城地区，撤到黄河以南时，范筑先最终违抗命令，坚守城池，抗战到底，这几章在长诗中最为精彩。最初，范筑先困于"军人以服从为天职"的保守想法，决定遵从上司的命令往南撤离。部队陆续南撤时，他随军撤离，"但良心的鞭子／在抽打他，悔恨的烈火／在焚烧他，他把头／深深地垂下／他不敢正视／他的子民"。他深切感受到盯视着他的卫队军的愤怒的眼神，愤怒的眼神在谴责他不去迎击日寇，在紧急关头却选择了逃离。部队撤到黄河边上，等待登船南渡的时候，他独自站在大

---

[1] 闻一多：《口供》，《红烛·死水》，复旦大学出版社2006年版，第129页。

堤上，眺望黄河，"这大河的惊涛／在鼓动他的胸膛／范筑先——／这伟大的巨灵，／投到了他的身上……"，经过内心激烈的挣扎，范筑先最终决定返回聊城坚守阵地，他果断打电话通知韩复榘"我决定回聊城，／那里有我的老百姓，／我要守住我的防地，不然，我就为它死！"并火速发出"誓死不渡黄河"的抗日通电，昭告全国，随即急速返回聊城开展游击战争。源于对祖国和人民的爱恋，范筑先当机立断，在紧要关头选择了抗击日寇的抗争之路，这位爱国的老英雄，宁可违抗上级命令，也要为了中华儿女的独立而进行坚持不懈的抗争。

艾青的《树》创作于1939年的秋天，当时正在桂林的艾青受邀到湖南新宁县衡山乡村师范学校任教。新宁县一派田园风光，似乎远离抗战烽火，诗人一边欣赏着令人心醉的田园风光，一边感受着民族存亡的时代脉搏，并没有沉溺在美好的风光之中，时刻关怀着天下兴亡的大事。"一棵树，一棵树／彼此孤离地兀立着／风与空气／告诉着它们的距离"朴实平易的诗句中具有客观景观的高度概括力。"但是在泥土的覆盖下／它们的根生长着／在看不见的深处／它们把根须纠缠在一起"，"但是"，一个转折，把读者目光由地上转入地下，诗歌深刻的寓意清晰可见，"根须纠缠在一起"，这首诗不仅仅是客观景观的写实，而是在写中华民族的生存状态和精神状态。诗人的概括极为精准，那个时代，中华民族处于水深火热之中，长期的阶级压迫使普通民众过着衣不蔽体、居无定所的苦难生活，长期被奴役的生活，导致普通民众一蹶不振。普通民众仿佛都是彼此孤立的，仅仅在为个人的生存而苦苦挣扎。社会的表象，就像自然界地上生长的一棵棵孤离兀立的树的客观景观，但是，中华民族有着强大的凝聚力，就犹如地下树的根须，中华民族的历史与现实都证实了这一点。当遇到压迫的时候，特别是民族危亡的时刻，贫苦的普通民众只有团结在一起进行殊死的抗争，中华民族才会有出路。诗人深切了解自己的民族，懂得自己的民族具有异常强大的凝聚力，因此，在看到一棵一棵貌似独立的树的时候，在想到这些树在土地里面"根须纠缠在一起"的时候，自然而然地想到了中华民族内在的强大的凝聚力，在外敌入侵、中华民族危亡之际，中华儿女定能团结在一起，为争取民族独立而共同抗争。

邹旭写于汶川大地震期间的《一只手》，"这只手啊，它理应属于未来／所以，当它战胜死神／从废墟中伸出来"写出了地震灾害亲历者在面对死亡之神时的抗争，对于生的不懈的努力，"从废墟中伸出来／ 瞬间就点燃了我的眼睛"，"这只手啊，它理应属于未来"，正是自小就具有这种顽强的民族抗争精神，中华民族才能够屹立于世界而不倒。

> 废墟中伸出的一只手
> 像一朵素淡的花
> 却比所有的花更娇嫩
> 更教人动情
> 这只手，昨天还捏着铅笔头
> 写怎么也写不端正的汉语拼音
> 还在新换的窗玻璃上
> 淘气地留下自己的指纹
> 它曾躲在母亲的手中取暖

此刻，仍然保留着爱的余温

也曾画出门前的蝴蝶和蜻蜓

并因此萌发了不小的野心

这只手啊，它理应属于未来

所以，当它战胜死神

从废墟中伸出来

瞬间就点燃了我的眼睛[1]

北塔的《拳头》比邹旭的《一只手》所表现出的在地震灾害面前，亲历者对于生的渴望更为强烈，读者读后无不被那份渴望所震撼到。

这只从废墟里猛然伸出来的手

伸出来就是拳头

像一棵草顶破了石头

像一面旗帜探出窗口

从红肿到惨白

沾满了尘埃

血都流尽了

却依然没有松开

生命已经失去

但对生命的热爱

却依然在掌心里

像寒冬里的一只烤红薯

被紧紧地握着

---

[1] 邹旭：《一只手》，《汶川大地震诗歌经典》，四川文艺出版社2009年版，第11-12页。

握着

紧紧地

这紧握的拳头

犹如鼓槌要擂向大地

这指向苍天的拳头

一旦击出

就绝不缩回[1]

　　自然灾害也好，社会灾害也罢，最终能够战胜它们，靠的是我们中华民族的强大凝聚力，靠的是中华民族传统精神中的顽强的抗争精神。

---

[1] 北塔：《拳头》，《汶川大地震诗歌经典》，四川文艺出版社 2009 年版，第 13-14 页。

[2] https://max.book118.com/html/2017/0606/112078240.shtm。

[3] https://max.book118.com/html/2017/0606/112078240.shtm。

第五节 抗灾英雄的赞歌

面对自然灾害和社会灾害，中华民族因强大的凝聚力和顽强的抗争精神，最终都获得了胜利，这也是中华民族屹立于世界而不倒的原因，在中华民族不断的抗争过程中，在取得胜利的艰难过程中，产生了很多英雄，对于英雄的赞颂自然而然也出现在诗人的创作思维中。

郭沫若创作于 1920 年 2 月的《天狗》，发表在《时事新报·学灯》（上海）上。《天狗》有五节，一共 29 行，每一行的开始都是以"我"作为诗歌作品的抒情主体。整首诗可以说是一篇"我"的自我宣言，由 29 个抒情主体"我"所激发出的宣言，抒情主体"我"经历了一次多重阶段的戏剧化的旅行。以往的中国诗歌中，从未有过任何一首诗像《天狗》一样如此密集地使用"我"作为抒情主语，《天狗》可以被看作是现代中国自我发生的一个意义深远的转折点，正如李欧梵所言，如此频繁地使用"我"揭示了"郭沫若的思维态势在于强调主体自我的全能。"[1] 如果使用"我"的主观能力表现成为自我意识与个人身份出现的一个前提条件，那么"我"就成为当时反帝反封建的新文化倡导者的最为典型的代表，是反帝反封建

---

[1] 米家路、赵凡：《造化的身体：自我形塑与中国现代性——郭沫若〈天狗〉再解读》，《文艺争鸣》2016 年第 3 期。

的英雄，具有无限的力量，"我是一切星球底光，／我是 X 关线底光，／我是全宇宙底 Energy 底总量！"

> 我是一只天狗呀！
>
> 我把月来吞了，
>
> 我把日来吞了，
>
> 我把一切的星球来吞了，
>
> 我把宇宙来吞了，
>
> 我便是我了！
>
> 我是月底光，
>
> 我是日底光，
>
> 我是一切星球底光，
>
> 我是 X 光线底光，
>
> 我是全宇宙底 Energy 底总量！
>
> 我飞腾，
>
> 我狂叫，
>
> 我燃烧。
>
> 我如烈火一样地燃烧！
>
> 我如大海一样地狂叫！
>
> 我如电气一样地飞跑！
>
> 我飞跑，
>
> 我飞跑，
>
> 我飞跑，
>
> 我剥我的皮，
>
> 我食我的肉，

> 我吸我的血，
>
> 我啮我的心肝，
>
> 我在我神经上飞跑，
>
> 我在我脊髓上飞跑，
>
> 我在我脑筋上飞跑。
>
> 我便是我呀！
>
> 我的我要爆了！

我们能够在那些新文化倡导者笔下，如陈独秀、胡适、李大钊、鲁迅、茅盾、巴金、曹禺等作家的笔下看到一系列"我"的形象。新文化运动激活了一场抨击中国国民性的批判运动，这场风潮也促成了民族新人的典型塑造。周作人在《人的文学》中重新定义"人"为"一切生活本能，都是美的善的，应得完全满足"，认为人的内在精神力量可以"转换一种新生命"，并将人的最终理想生活提高至"道德完善"与"使人人能享自由 真实的幸福生活"[1]。显而易见，通过这种辩证思维的方式，我们便能够在"我"的自我形象塑造过程中，窥探到郭沫若所拥抱的"光、热与能量；快速度、高声音和强热能"的现代精神，以及中国现代知识分子在世纪转折之际的宏大理想。但是，当"我"宣布"我便是我呀！"在这一历史时刻的自我重塑之后，在身体内聚集的一股创造力并未停止，不单如此，所建立起来的"我"——新生自我是作为这一创造力的终极目的。"我"继续沉醉于自我力量的强大，激情与骚动把"我"推向了"我的我要爆了！"的分界点。

---

[1] 周作人：《人的文学》，《新青年》6 卷第 10 号 （1918 年 10 月 15 日）。

最后一句可以说是全诗叙事的点睛之笔，道出了诗人面对客观世界时的基本态度。诗歌从开头第一句，就把作为叛逆角色的"我"看作叛逆形象"天狗"，"天狗"把"日、月、星球、全宇宙"全部吞入自己的体内，从而身体内聚集了"全宇宙的光、热和总能量"，由于是在"高声音，快速度与强热能"的驱使下进行的"我"体内的自我蜕变，所以"我"便完成了对自我的重塑过程。但是，"我"体内"在燃烧，飞奔，狂叫"的"光，热和能量"并不能在这种创造性行为中完全被消耗掉，因此，重塑出来的自我不得不爆炸，或称之为自我扬弃。自我化解与反自我的背离行为昭示了自我意识的觉醒的真相，如果没有经历自我形象的重塑，就不可能完成比自我重塑更宏大的任务。就像郭沫若在《我是个偶像崇拜者》中所表现的破/立思想那样："我崇拜偶像破坏者，崇拜我！/我又是个偶像破坏者哟！"正是这种"不断地破坏！不断地创造，不断地努力哟！"的创造/破坏的辩证思想，使得郭沫若诗中"双重身体"所生出的"双重世界"最终变成一个真实的客观世界，"表现自我，张扬个性，完成所谓'人的自觉'"，抗争封建思想完成了最终的胜利，"我"自然成为抗争封建思想的英雄的典型代表。

艾青1937年10月创作的《他起来了》中所蕴含的丰富历史和艺术美对于读者来说极具震撼力，真正地显示出了抗日战争初期中华民族奋起抗争的决心和勇于牺牲的精神。《他起来了》中没有空幻的诗句，没有抽象的概念，没有颓废，也没有喟然，每一句诗句，只有肃穆与庄重，只有笔直地站立着的坚持不懈的士兵。肃穆与庄重，最能够体现出抗战时期的社会特征和诗人的特殊心态。在中华民族危急时刻，赤诚的诗人，无不全力以赴，自觉地为全民族独立而急切呼号。《他起来了》的整体艺术审美特点无不凸显出强烈的雕塑感，这不仅仅因为它的语言的厚重，更是诗的意象的深度和空间感所决定的。

他起来了——

从几十年的屈辱里

从敌人为他掘好的深坑旁边

他的额上淋着血

他的胸上也淋着血

但他却笑着

——他从来不曾如此地笑过

他笑着

两眼前望且闪光

像在寻找

那给他倒地的一击的敌人

他起来了

他起来

将比一切兽类更勇猛

又比一切人类更聪明

因为他必须如此

因为他

必须从敌人的死亡

夺回来自己的生存

艾青的《他起来了》是在创作《复活的土地》三个月之后，再次创作出的更为斗志昂扬的不到二十行的诗作。他，是一个有血有肉具体可感的生命，是与敌人坚持血战到底的巨人，是一个从屈辱和血泊中站起来的英勇无比的民族："他的额上淋着血 / 他的胸上也淋着血 / 但他却笑着 / ——他从来不曾如此地笑过"，"像在寻找 / 那给他倒地的一击的敌人"，"他必须从敌人的死亡 / 夺回来自己的生存"。这些常见的质朴的文字，一旦成为诗句，形成一个有强烈生命感的伟大英雄的意象，从整体上就显示出犹如历史的纪念碑般的气势和力度。

过去有个别评论者认为《他起来了》是一首失败的诗，说它尽管章法比较完整，字句经过锤炼具有一定诗意，但是这些空洞的、排比的诗句，阻断了感情的喷涌。这个论断未免有些偏颇，并没有从那个时代的严峻社会条件和诗人当时的心态和意图来理解这首诗。《他起来了》全篇充满了激情和热血，它为文学画廊塑造了一个时刻准备进入生死搏斗的民族英雄形象。诗人没有采用一个装饰性的文字，全诗质朴无华，但是所有的文字内涵又都是铁质的，血质的，不可动摇的。这些常见的近乎口语化的平凡的文字，并不是诗人刻意从万千汉语词汇中选择出来的，它们是从诗人创作活动过程之中自然生成，是只属于这首诗的，感觉不出它们是日常生活中常见的那些词汇，甚至感觉不到任何文字雕琢的痕迹。《他起来了》是一尊巨大英雄塑像，只能用庄严与凝重的犹如岩石般的文字创作来进行雕琢，流动的轻巧的文字是不能用来雕塑这个巨人的，庄严而凝重的诗句使得它能够经得住时间的剥蚀风化，它站起来了，就不会再倒下，"他"永远屹立在读者的心中。

《吹号者》是艾青创作于 1939 年 3 月的一首诗，诗中重复了"惊醒"这个词三次，是为了加深读者对惊醒的印象，"最先醒来"的吹号者是被传来的远方的黎明的滚动声所惊醒的。但真正惊醒吹号者的却是他对于黎明的"过于殷切的想望"，并不是天边滚动声，而吹号者意识到自己是部队战士们的黎明的通知者，因此，他立即起身拿起了号角，想要通过吹号唤醒战士们。这首诗的语言和节奏是从这里让读者深切领悟到如何生成的。用淳朴的笔触，诗人写下一曲昂扬的赞歌，一曲吹号者的牺牲英雄的赞歌。吹号者死得无比悲壮，一直到"被一颗旋转他的心胸的子弹打中了"才肃然地倒下，然而他的号声却并没有终止，诗的最后两段达到高潮，吹号者的英雄形象得到了永生，吹号者和映着血和阳光的号角永远留在了读者脑海中。《吹号者》全篇都是真挚情感的细节描写，没有抽象主观的想象，是诗人在抗战中的人生经验的凝结，融入诗人特定的历史时期的真切的悲情、痛楚和希冀，以及诗人对英雄的崇敬之情。

在那些蜷卧在铺散着稻草的地面上的

困倦的人群里，

在那些穿着灰布衣服的污秽的人群里，

他最先醒来——

他醒来显得如此突兀

每天都好像被惊醒似的，

是的，他是被惊醒的，

惊醒他的

是黎明所乘的车辆的轮子

滚在天边的声音。

他睁开了眼睛，

在通宵不熄的微弱的灯光里

他看见了那挂在身边的号角，

他困惑地凝视着它

好像那些刚从睡眠中醒来

第一眼就看见自己心爱的恋人的人

一样欢喜——

在生活注定给他的日子当中

他不能不爱他的号角。

读者在当代的和平幸福的现实生活中是几乎听不到号声了，但是，如钟声和某些铃声，与我们读者的人生、心灵有着亲密的关系，世界上这些读者经常能够听到的声音，如果失去了它们，读者就会感到某种深深的缺憾。虔诚的敲钟人在高耸的钟楼上敲响钟声，钟楼上摇晃着的刻有铭文的大钟，以及那回响不断的深沉的钟声，永远会留给读者心灵一种静穆的感觉。战争年代里，吹号者总是挺拔地站在高处，异常肃然而静穆，吹号时他的目光如炬，表情和姿态屏气凝神。吹号者用整个生命与热血来吹号，传给战场上的每一个战士，号声传到战场极远极远的地方。

在战争年代，号角和军旗都是一个部队的象征，是部队绝不可少的。但是号角从来不是让人顶礼膜拜的，它是现实的，它的声音永远充满对生命的希冀与热忱，千千万万个战士的内心都仿佛与弯曲的铜号同舟共济，并伴随着号声的节奏，战士们汇成了不可抵制的力量。在《吹号者》中，诗人塑造了一个吹号者的英雄形象，这是一个浸染着斑斑血迹的铜号的象征形象，这个形象至今留在读者脑海中，让读者在今天仍然能够清晰地听到那号声，那曾经唤醒了一个民族并鞭策这个民族奋发图强的号声。

"吹号者"是最早被黎明惊醒的人，黝黑的一片天空下，他挺立在高处，把希望与光明一起吹送到静谧的远方，力争让每一位战士能够听到他的号声："他最先醒来——／他醒来显得如此突兀／每天都好像被惊醒似的，／是的，他是被惊醒的，／惊醒他的／是黎明所乘的车辆的轮子／滚在天边的声音。"流动而盘旋的号声是吹号者的心声通过号管带着深情一泻而出的，是带着吹号者被惊醒时的强烈的震撼的，三个持续加强的音量和感情重量的"惊醒"形成一波高似一波的旋律，这旋律正是诗人创作时在心灵上引起的强烈的颤动，是对黎明充满强烈预感的颤动。

第二节令读者感受更为深切，这一节诗里吹号者的高尚的情感深深打动了读者："他开始以原野给他的清新的呼吸／吹送到号角里去，／——也夹带着纤细的血丝么？／使号角由于感激／以清新的声响还给原野，／——他以对于丰美的黎明的倾慕／吹起了起身号，／那声响流荡得多么辽远啊……／世界上的一切，／充溢着欢愉／承受了这号角的召唤……"从诗中，读者感受到了中国的命运和中华民族的危难，"吹号者"的精神境界都给予读者极深的鼓舞和启迪。不但使读者懂得了生命的价值，还懂得了诗人都应当是"吹号者"，诗人有向人间通知黎明到来的社会职责。像吹号者的号声一般，艾青所写的每一句诗，都有看不到的斑斑血迹，抗战时期，艾青的《吹号者》《他死在第二次》《向太阳》《雪落在中国的土地上》

以及《虎斑贝》等诗都渗透着诗人心灵深处的斑斑血迹，艾青是一位不惜奉献自己生命的诗歌创作的"吹号者"。诗的最后两节使这首诗的壮烈情感达到了神圣的精神境地，艾青用淳朴的笔调写下一曲吹号者不惜献身的高昂英雄赞歌。吹号者死得壮烈，一直到"被一颗旋转他的心胸的子弹打中了"才肃然地倒下，然而号声并没有因为"吹号者"的献身而停止，最后两段诗使英雄形象"吹号者"得到了永生，吹号者和映着血和阳光的号角永远定格在读者脑海中。"听哪，那号角好像依然在响……"

雷抒雁汶川大地震期间创作的《追赶时间》，一场突发地震自然灾害凸显出人民子弟兵的高大与价值，深情唱出了人民子弟兵英雄群像的赞歌。事发突然，"天崩地裂一场突发灾难 / 毁了北川困了汶川 / 军情如火命令如山 / 军人的双脚要追赶时间"，尽管道路异常艰辛，"大路断奔小路 / 小路断爬荒山 / 河拦——涉水 / 山阻——翻山 / 山断了——我们攀崖"，尽管事件异常紧急，"抢回一分钟 / 减轻一分人民的苦难 / 抢回一秒钟 / 夺回一分生命的尊严"，尽管困难重重，"追过去白天又再追夜晚 / 雨打湿衣身子暖干 / 汗湿湿衣太阳晒干"但是，"当兵三年头年练站 / 二年练走三年练跑练攀 / 练兵千回 / 盼的就是用兵这一天"，强烈的社会责任感不容战士退缩，凭借坚定的信仰与顽强的毅力，"先前父辈们 / 追赶敌人抢过了飞机 / 抢过了车轮 / 一双腿是胜利的旗杆 / 曾经兄长们 / 追赶时间追赶了水 / 追赶了火铁打的双脚 / 维系着人民的安全 / 今天，追赶死神 / 我们追的是生死决战"，战士们心系人民，心急如焚，"孩子的哭叫揪着士兵的心肝 / 受难者的血 / 连着士兵的血管 / 牙都要咬出血了 / 心都要跳到

胸前／恨不得一步跨过山和水／扛起苦难／给人民一个平安"战士们终于
到达了目的地，展开了紧张的营救工作，"快，再快点／前边就是绵竹、
茂县／前边就是汶川、北川……"，诗人发自肺腑地赞美人民的英雄："人
民的军队／就是人民的靠山／地裂了我们补地／天塌了我们擎天。"

> 蹚开军人步伐
>
> 急行军，快，我们追赶
>
> 天崩地裂一场突发灾难
>
> 毁了北川困了汶川
>
> 军情如火命令如山
>
> 军人的双脚要追赶时间
>
> 大路断奔小路
>
> 小路断爬荒山
>
> 河拦——涉水
>
> 山阻——翻山
>
> 山断了——我们攀崖
>
> 听见了
>
> 生命呻吟在死亡边缘
>
> 听见了
>
> 母亲在废墟旁边哭喊
>
> 快，追赶
>
> 抢回一分钟
>
> 减轻一分人民的苦难
>
> 抢回一秒钟
>
> 夺回一分生命的尊严

当兵三年头年练站

二年练走三年练跑练攀

练兵千回

盼的就是用兵这一天

追过去白天又再追夜晚

雨打湿衣身子暖干

汗溻湿衣太阳晒干

先前父辈们

追赶敌人抢过了飞机

抢过了车轮

一双腿是胜利的旗杆

曾经兄长们

追赶时间追赶了水

追赶了火铁打的双脚

维系着人民的安全

今天，追赶死神

我们追的是生死决战

孩子的哭叫揪着士兵的心肝

受难者的血

连着士兵的血管

牙都要咬出血了

心都要跳到胸前

恨不得一步跨过山和水

扛起苦难

给人民一个平安

人民的军队

就是人民的靠山

地裂了我们补地

天塌了我们擎天

快，再快点

前边就是绵竹、茂县

前边就是汶川、北川……

　　王久辛的《高贵的爬行》赞颂了冲在抢险救灾前沿的抢险英雄，抢险者全神贯注感受着生命的存在，"你的心感应到了地层深处的心跳／地层深处爬着你勇敢的心跳／你的心跳顶着坍塌的危险向另一个心跳／靠近每一寸里都包含着瞬间的生死"，争分夺秒、竭尽全力抢救一个又一个鲜活的生命，"每一秒钟都与瞬间的毁灭相接　你的心跳爬着／怦怦　怦怦的心跳伸出有力的双手爬着／劲健的双腿蹬着　爬进随时会毁灭的魔窟／你的心里有一个心跳的声音吹响进军的冲锋号／金色的音波把地狱照亮　把另一个希望的心跳／照亮　微弱的心跳在你顽强的心跳中／像《命运》的音符在跳　在地层深处跳"，尽管抢险工作异常艰难，"你爬着爬出满脸的泪　在地狱的边沿儿横流／你爬着爬进渴望的眼睛　在魔窟的深处张望"，抢险者却不愿意放弃每一个生命，"你义无反顾　是爬进地狱抢险的勇士／你出生入死　是冲入魔窟救人的英雄……你爬着爬成勇敢的诗　爬成无畏的音符／把救人的爬行　变成对人朝拜的神圣／也把自己的人生　爬成了高贵和永恒……"为了抢救灾难中的普通民众，英雄不惜牺牲自己的生命。

你的心感应到了地层深处的心跳

地层深处爬着你勇敢的心跳

你的心跳顶着坍塌的危险向另一个心跳

靠近 每一寸里都包含着瞬间的生死

每一秒钟都与瞬间的毁灭相接 你的心跳爬着

怦怦 怦怦的心跳伸出有力的双手爬着

劲健的双腿蹬着 爬进随时会毁灭的魔窟

你的心里有一个心跳的声音吹响进军的冲锋号

金色的音波把地狱照亮 把另一个希望的心跳

照亮 微弱的心跳在你顽强的心跳中

像《命运》的音符在跳 在地层深处跳

那是生还的希望在跳 那是救人的信念在跳

你义无反顾 是爬进地狱抢险的勇士

你出生入死 是冲入魔窟救人的英雄

你爬着爬出满脸的泪 在地狱的边沿儿横流

你爬着爬进渴望的眼睛 在魔窟的深处张望

你爬着爬成勇敢的诗 爬成无畏的音符

把救人的爬行 变成对人朝拜的神圣

也把自己的人生 爬成了高贵和永恒……

苦难是灾害新诗的底色，但人性始终是灾害新诗所要表达的核心。灾害苦难的底色给了文学与历史互动的自由，使得它们互为镜像，以不同的方式完成对客观事件——灾害的记录。新诗的关注点在人和人的内心世界，灾害新诗虽需重点描写灾害，但是否能够准确把握住普通民众在灾害中的生存样态和普通民众在灾害中的内心活动直接决定了一首灾害新诗的高度与深度。中国灾害新诗中的人性命题，展露出了两种人性样态：光辉与变异。灾害新诗表现了灾害的两重性作用，一方面，灾害带来了苦难与创伤，但另一方面灾害也表现出人们不畏艰难困苦、顽强不屈地与社会和自然灾害作抗争的伟大精神。

第二章

中国新诗灾害叙事建构的艺术向度

——

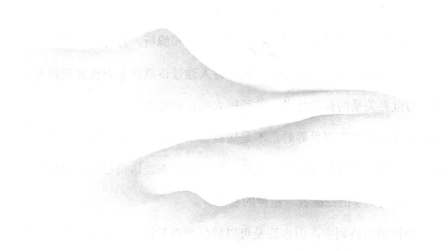

第一节 灾害新诗表现世界的几种方式

诗人是通过诗歌来观照世界、表现世界的，通过诗歌，读者可以发掘诗人观照世界、表现世界的基本态度，就中国新诗发展的历史考察来看，诗人表现世界的叙事方式主要有对话、介入、逃避、拆解等几种方式。灾害新诗主要是诗人通过诗歌来表现灾害的，通过诗歌，读者可以发掘诗人观照灾害、表现灾害的基本态度，诗人表现灾害的基本叙事方式主要有对话和介入两种方式，逃避、拆解两种方式在灾害诗歌中极少见。

对话方式是诗人和诗中所表现的对象是平等对话的关系，通过对客观世界的平等表现来揭示诗人对客观世界的领悟和解析，抒写诗人的人生立场。中国古代诗人特别喜欢这种方式。诗人通过诗歌作品表现客观世界，表现人与世界关系的哲学思考，并回顾人类在世界中的身份与价值。诗人通过对话方式表现客观世界时，不是居高临下地审视客观世界，他并不比普通人更英明，而只是以宽厚、关怀、慰藉的心态表达自己的人生体验，这时诗人只是美学的挖掘者、精神的展现者。

在中国的古诗词中，山水诗是可以较好地以对话方式表现诗人基本叙事方式的类型之一。透过诗歌，诗人可以对话于山水，抒写自己的性灵与理念。由山水诗所激发的大量外在意象的使用，是对客观世界的表现中产生的，是很多其他题材的诗歌作品对对话方式的延展。通过山水诗这种对话方式，诗人在客观世界中感悟了一些人生真谛，甚至可以提炼出具有通用价值的人生哲理。苏轼的《题西林壁》："横看成岭侧成峰，远近高低各不同。不识庐山真面目，只缘身在此山中。"由庐山这一客观景观提升出对人生的感悟，揭示出距离产生美的哲学真谛，成为传世佳作。陆游的《游山西村》："莫笑农家腊酒浑，丰年留客足鸡豚。山重水复疑无路，柳暗花明又一村。箫鼓追随春社近，衣冠简朴古风存。从今若许闲乘月，拄杖无时夜叩门。"有一些山水诗，表面看好像是在写客观自然景观，"山重水复疑无路，柳暗花明又一村"，但实际上已经提升为对于生命与世界真谛的探索，直达哲学的广阔与兼容。在诗歌作品中，山水已不仅仅是视觉中存在的客观自然景观，而是寄托了诗人丰富情感的抒写对象，也可以说，山水已经成为诗人人生中密不可分的一部分，主客体合二为一，两者是平等关系。因而，在中国古代，农业文明异常发达，山水诗中的山水往往能够与诗人的内心、情愫很好地融合在一起。

在中国新诗中，对话方式也是诗人切入史实与实际、抒写性灵的重要方式之一。诗人先不给抒写对象定性，而是尝试通过普遍、精辟的具体生活经验，挖掘和增强抒写对象所饱含的诗韵与人生真谛。通过对客观对象对饱含的精神内核的挖掘而揭示出诗人的主体精神意识，聚焦农民命运、审视民族灾害、把握民族精神，都是现代诗人闻一多、臧克家、艾青等通过具体客观场景、客观对象表现出来的。对于危难与低迷，诗人并没有义愤填膺，而是沉入危难与低迷深处，通过新颖别样的艺术手段表现出来，使读者能够从诗中深刻体会到诗人抒写现实所表现出的忧患精神意识。

闻一多的《太阳吟》通过与太阳的对话方式，表达了一个"游子"在国外对国家民族命运的关注。"赤子"在异国他乡依然受歧视，像幽禁在见不到太阳的"铁窗里"的五年的留学生活，每天都在经受着"缓刑"的煎熬。诗人为了能够尽快回到祖国的怀抱，只好无奈地仰望着苍天，乞求六条龙架着的"太阳"，把艰难的五年当作一天"跑完"。此刻，"我"想问问刚刚从"东方来的""新升的"太阳，你每天都要经过"我"的故乡，你肯定见过故乡现在的样子，"我"的故乡是否安然？是否"无恙"？诗人探望故乡的心情为什么会如此急切？原来诗人在他乡的报纸上时不时会有故乡的消息，人情薄如纸，豺狼多如麻。诗人实在是难以接受报纸上所说的故乡。报纸上的故乡"另带一般颜色"，报纸上的故乡鸟儿歌唱的"调子格外凄凉"，报纸上的故乡绝不是"我"生活已久能够安身的地方，报纸上故乡的"山川"也"不像我的"！

> 太阳啊，这不像我的山川，太阳！
> 这里的风云另带一般颜色，
> 这里鸟儿唱的调子格外凄凉。[1]

闻一多的《太阳吟》写出了在外留学的游子对战乱的祖国的深切牵挂。闻一多的《发现》中"我来了，不知道是一场空喜。／我会见的是噩梦，哪里是你？／那是恐怖，是噩梦挂着悬崖，／那不是你，那不是我的心爱！"

---

[1] 闻一多：《太阳吟》，《红烛·死水》，复旦大学出版社 2006 年版，第 95 页。

更是用"噩梦挂着悬崖"来表现军阀混战时期的中国社会的惨状给诗人带来的强烈的震撼。

艾青的《我爱这土地》中,"假如我是一只鸟,/我也应该用嘶哑的喉咙歌唱:/这被暴风雨所打击着的土地,/这永远汹涌着我们的悲愤的河流,/这无止息地吹刮着的激怒的风,/和那来自林间的无比温柔的黎明……/——然后我死了,/连羽毛也腐烂在土地里面。/为什么我的眼里常含泪水?/因为我对这土地爱得深沉……"通过对话方式写出了诗人对祖国深挚的爱。

在中国新诗的创造过程中,对话方式不是简单地指诗人与抒写对象的言语交流,而是指诗人与抒写对象之间的深层次的内心乃至人生的沟通,沟通过程中绞缠着诗人与抒写对象以及诗人自身内心深处的冲突、矛盾,诗人在处理与抒写对象以及自身之间的这些冲突、矛盾的方式是有多重视角的,态度极其沉着、宽厚,诗人的基本立足点是把自己放在和他人、世界平等的位置上的。

介入方式是揭示诗人切入史实与实际、抒写性灵的另外一种重要方式之一。只要写诗,诗人都需要通过介入的方式,介入史实与实际,介入人的性灵,但是这里的"介入"包含"干涉"的深意,就是诗人不但要揭示客观现实与人生的真谛,而且要对其做出诗人自己的美学品评与美学判定。以前诗人多通过现实主义诗歌多用介入方式来表现客观世界。在中国古代诗歌中,介入方式的运用最早可以上溯到《诗经》。《诗经》中的"风"指各诸侯国的土风民谣,"风"中有许多揭示苦难的社会现实的作品,就是对社会现实生活的一种介入，如读者熟悉的《黍离》《击鼓》等。介入方式在我国古代诗歌发展中始终占有重要位置，在中国历史的长河中，每一个朝代都出现过读者所喜爱的以批判态度关注社会现实的作品，杜甫的《春望》《忆昔》《北伐》等诗歌在我国诗歌发展史中位置异常重要。在中国新诗发展史上，由于中华民族的灾害接踵而至，诗人怀有表现社会现实的强烈愿望，介入方式在诗人的作品中的占比越来越多，尤其是到了20世纪二四十年代，中国几乎所有诗人都开始关注社会现实，关注国家民族命运，这时候的介入方式在诗歌作品中尤其多，这些作品多体现出广阔的眼野和鲜明的情感表达。田间的《假如我们不去打仗》，臧克家的《古树的花朵》，艾青的《冬天的池沼》《给太阳》《我爱这土地》等作品之所以成为中国新诗的经典，是因为这些作品对社会苦难现实的介入异常深刻。七月诗派和九叶诗派在诗歌观念、艺术手法等方面存在差异，但它们以不同方式对历史、现实的介入为他们在新诗发展史上赢得了巨大声誉。汶川大地震、非典事件期间的诗歌创作距今较近，但是由于介入当时的自然灾害，及时给予读者以正能量的引导，对于灾害期间及其灾害过后的普通民众的心理疏导，发挥了重要社会宣传作用。

臧克家的《老马》："总得叫大车装个够，／它横竖不说一句话，／背上的压力往肉里扣，／它把头沉重地垂下！／这刻不知道下刻的命，它有泪只往心里咽，／眼里飘来一道鞭影，它抬起头望望前面。"表现了中国农民坚忍的生活态度。艾青的《雪落在中国的土地上》："中国的苦痛与灾难，／像这雪夜一样广阔而又漫长呀！／雪落在中国的土地上，／寒冷在封锁着中国呀……"写出了灾难深重的中国正在经受的重重磨难。田间的《假如我们不去打仗》:"假使我们不去打仗/敌人用刺刀/杀死了我们,/还要用手指着我们骨头说:'看,/这是奴隶!'"一句话道出了"不去打仗"的必然后果。

还有一种情况就是,诗人在作品中通过社会现实抒写自己对于社会现实、人生方向的探索,并不是直接去揭示社会现实中存在的一些问题,这是诗人在深入探索历史、文化、现实的基础上,掌握了社会、历史、文化发展的趋向之后的选择。在这一类诗歌作品中,郭沫若的诗歌比较典型。郭沫若的诗歌多运用"凤凰涅槃"等硕大的意象,追求恢宏叙事,这些作品把握了人生与现实的发展趋势,不是空泛的、没有灵魂根基的情调探索,郭沫若的诗歌是对社会现实的深层次展示,其灵魂探寻具有时代特征和永恒意义的。《凤凰涅槃》是对五四运动精神的探寻创新的赞美,作品具有广泛意义的是表达的持续摧毁自我、重塑新我的创新意识。臧克家的《你们》:"我有太多的感情要冲涌而出呵,/我的心被火燃烧着——/那羞耻的火,/那困恼的火,/那生之苦难的火呀!……我要写诗,/因为我要活下去,/而且,越活越起劲!"揭露日寇、汉奸和国民党反动政权的丑行与罪恶,充满了强烈的政治讽刺意味,表达了诗人的生命追寻。七月诗派的一些诗人和田间也具有同样的特点,在面对中华民族灾害时对民族精神凝聚力的呼唤具有强烈的时代特征和永恒意义。绿原的《你是谁》:"为什么只是向着失败和死亡?为什么不让/荣誉归于我们。"在那个特殊时代、特殊环境下,看着好像艺术原创性缺失,表达社会生活的厚度缺失,但是诗人所表现出来的使命意识是可以与普通民众引起强烈共鸣的，因而应该站在历史的高度客观地评价《你是谁》的美学价值尤其是精神内涵。当然，诗歌的这种介入方式，如果没有厚重的现实生活经验，如果违背了历史、文化、人生的发展规律，掌控不好，作品就有可能成为空泛的布道，或者成为空泛的口号。

随着中国新诗表现自我倾向的出现，诗人介入社会生活的对象和方式都发生了很大变化，诗人开始深入探索内心世界以及人生真谛，而且倾向于批判的方式，对外在客观世界的艺术表现减少。较早是李金发的作品中开始出现这种介入方式的，他抒写自己的内心深处，抒写迷茫的人生经验，运用象征主义艺术手法，李金发的这种探索在中国新诗发展中具有一定价值。戴望舒等人延展了这种介入方式，在诗歌创作上表现出了新颖别样的追求。20世纪40年代后期的九叶诗派将介入方式推进到一个全新的范畴。到了汶川大地震和非典事件期间，把"我"与"我们"、"个人"与"集体"较好地结合在一起，"那是一张忙碌的脸／是我在救灾一线看到的最疲惫的脸／两眼布满了血丝／一眼也顾不及家人／那一刻／我感到我有一个强大的祖国"[1]；"从天安门到新华门／从怀仁堂到中南海／从共和国主席到普通百姓／肃穆庄严，一起为罹难者默哀"[2]；"一笔笔来自天南

---

[1] 叶浪：《我有一个强大的祖国》，《汶川大地震诗歌经典》，四川文艺出版社2009年版，第178页。
[2] 徐康：《以国家的名义》，《汶川大地震诗歌经典》，四川文艺出版社2009年版，第183页。

海北的捐助 / 一批批发自爱心的物资 / 一阵阵如春潮涌动的关注 / 汇集湖北 / 亲爱的武汉的姐妹兄弟，亲爱的湖北的姐妹兄弟 / 加油！挺住！ / 你们的背后 / 有无数个你我，在为爱守候，为爱前行"[1]；"你平安。我平安。他平安 / 祖国，只有你的平安 / 才有最美的明天，或春天"[2]。一句句情真意切的诗句，一首首坚韧达观的诗篇，道出了几千年中华民族屹立于世界而不倒的真谛：中华民族具有极强的民族凝聚力，不管遭遇任何艰难困苦，都压不垮、打不散。

除了对话和介入两种方式，逃避、拆解两种叙事方式在灾害诗歌中极少见，逃避方式是指诗人以别人的观念或者自己的个人化观念抒写对于客观世界的观点，规避社会客观现实的普遍体察和反映。在中国新诗发展史上，逃避方式主要有两个极端表现：一个是像文化大革命时期的诗歌创作那样，按照外在的政治、文艺政策的要求通过抒写对象表现对社会现实的思考，不对社会现实做深刻、全面的表现；一个是由于矫枉过正导致的极端个人化创作。由于文化大革命时期的诗歌创作在新诗发展中危害性极大，导致后来的诗人极大曲解了诗与社会现实的关系，觉得诗与政治、社会现实完全无关，单纯从个人视角来观照客观世界，只是捕捉到个人主观视角所感悟、体察到的某个或几个生活瞬间来展现个人对客观世界的感知，在创作过程中，如果忽略诗与客观世界的关系，就无法辩证、全面地展现客

---

[1] 丘晓兰：《为爱守候 为爱前行》，《人间有大爱》，广西民族出版社 2020 年版，第 192 页。

[2] 白俊华：《祖国，祝您平安》，《人间有大爱》，广西民族出版社 2020 年版，第 225 页。

观世界。我们也不是不允许个人的感悟、体察在诗中出现，但理应把个人的感悟、体察安置于整个客观世界的演变过程中加以展示，如此才契合历史、文化走向的逻辑，反之，诗歌所展现的客观世界就是个人的、畸变的，这本质上是对客观真理的一种规避，至少是主观上对客观现实的掩蔽。

深受西方后现代主义影响，有些诗人把拆解方式中的这种评判当成单纯的"否定"，主要表现为对人们普遍接受的相沿成习的现象、理念、思潮进行否认、揶揄。拆解方式的关键语义是对既有思想、观念、现象中的不合逻辑的元素进行评判、反对，是批判性传承，是推动文明、思想发展所必需的基本措施，体现出毁坏高尚、志向的思想追寻，而又缺失新的思想构成，最终致使思想、心灵的迷茫。在中国新诗史上，拆解方式可以上溯到新诗诞生时，五四运动时期人们对中国传统文化的彻底反对就是一种拆解，但是在当时，先驱者运用欧美的文化、艺术观念构成诗歌艺术的元素，同时也把白话作为新诗的表达工具，因此诗歌创作顺利地由古诗转变为新诗，没有致使诗歌创作走向迷惘。20 世纪 40 年代，一些诗人的拆解方式明显起来，穆旦的《诗八首》是对爱情的拆解。20 世纪 80 年代，"朦胧诗派"是对文化大革命时期践踏人性、艺术等的反思和拆解。

诗人表现灾害的基本叙事方式主要有对话和介入两种方式，就是诗人应当多方位展现史实与社会生活，客观地对待灾害过程中的一切，通过诗人个人的思索，宣扬对人类的发展所持有的推动作用的思想与理念，批判妨碍人类与社会发展的思想与理念。诗人是时代思想的发掘者与建立者，诗人观察世界的眼界与思想境界理应高于普通民众，诗人观察到的、体悟到的理应更全面,理应推进人类文明的发展,若不如此,诗人的威信与门面、诗歌的走向将会受到极大影响。

第二节 灾害新诗的个体性
与其艺术价值

　　从文体角度来看，诗歌是独立的，有自己的特点，但这并非意味着诗歌与诗歌之外的世界没有任何关系。诗歌是诗人性灵的美学、思想的美学，但诗歌如果离开客观现实，只是追求一种单纯，那么诗歌不得不成为一种持续接近但最终不能实现的幻想。

　　诗歌与客观世界到底是什么关系呢？自古各持己见。不争的事实是诗歌与客观世界肯定存在直接的或间接的关系，有人把诗坛上出现的聚焦个体内心而不关注客观世界的诗称为"纯诗"，而且大力倡导纯诗的创作，其实那仅是不能实现的幻想而已。有人觉得21世纪初的诗歌脱离客观世界，从本质上看，许多诗歌的创作都与客观世界维系着紧密关系，不管是"民间写作"还是"知识分子写作"，不管是"垃圾派写作"，还是"下半身写作"，不管是抒情的加入，还是"叙事"的强化，客观世界历来是诗歌的基本源泉和抒写目标，有些美学探求居然是因为过于凭借客观世界而导致琐碎化倾向。所以，我们面临的隐患不是诗是否和客观世界维持着联系，而是诗人们在面对客观世界时所持的立场问题，是诗歌的美学立足点和思想宿命问题，换句话说，就是诗的美学叙事以及由此而产生的诗的风格、意境等问题，如果这些问题无法解决，我们的诗歌评论就会丢失一系列基本指标。

诗歌的美学叙事问题，本质应该就是诗人的态度问题，是诗的立脚点、着眼点和落脚点问题。诗歌的美学叙事主要有两种方式：个体叙事与集体叙事。个体叙事，就是从个体主观视角出发表现、评判客观世界；集体叙事，就是从集体、社会整体出发表现、评判客观世界。这两种叙事的诗在美学效果上是截然不同的。一般来说，从个体视角叙事的诗，最后得到的是诗的个体性体悟；从集体视角叙事的诗，最后得到的是诗的社会性体悟。

来说个体叙事与个体性体悟。

诗是诗人人生体悟的美学表现，诗的发掘是由诗人个体自己完成的，诗的创作是个体行为。从这个角度讲，个体叙事是诗的重要立足点，个体性是诗歌的重要特征。个体性体现生命的富有性和诗歌的多元性。没有个人，没有个体的诗，就或许成为单纯的形而上学，或者成为模式、标语，变成某些概念的附属，那也就不能称之为真正的诗了。但这并不是说，诗歌只要能够表现出个体性就一定会成为好的诗。

个体性具有私有性的一面。私有的对象是那些不方便公然露面的话语、举止、心思等等，尤其是那些与人的生物属性相关的元素，比如人心思的利己、阴郁的一面，人的天性、私欲，人的残暴、冷血等等，以及个体的不情愿公布于众的原因，即个体的秘密。在每一个个体那里，有些私密的东西或许非常美好，比如夫妇之性爱，乃至情人之间的隐私，个体内心深处的一些秘密的体验，等等；但是如果以公布于众的方式表现出来，个体性的内容或许就不美、丑恶乃至违背伦理、法度，更不消说具有涤荡性灵的作用了。当代的人们都在全力倡议保护隐私，表现个体性的内容势必不应当成为诗歌的美学叙事。爱情（尤其是由爱情激发出来的性爱）在较大程度上是个体极其隐秘的事，主要以个体隐秘方式来表现，极其不宜以公布于众的方式来展现。日本学者浜田正秀说："在密室里进行的那种情爱是快乐的，但它必须是只在两人时所进行的秘密典礼。"[1]

个体性具有繁芜、琐碎的特性。个体的人生、理念、情感所牵涉的内容很多，如果用流水账的方式用摄影、日记记录个体性的内容，每时每刻或能都有不同的事情、感悟，但这些事情与感悟并非都饱含诗意，并非都展现了行动者的实质，并非都具有美学的审美价值和启发意义。从另一角度看，这些事情与感悟也不一定能够让别人有兴趣看，不一定能够对别人有什么启迪，因而也很不容易引起读者的共鸣。一个人个体的所观所思的一切如果都写到诗中，最终或就不能称之为诗了。优秀的诗歌作品是不会把生活中所有繁芜、琐碎的感悟都写进去的。

对人生体悟的繁芜、琐碎的青睐与诗的"口语化"倾向关系密切。当然，我们并不否定诗的口语化创作，任何的言语艺术都与口语相关，文学语言、书面语言均是从口语延展、提纯而产生出来的。艾青曾经提出一个观点，就是追求诗的散文美，他所提到的散文美就是指的口语美，发掘社会日常生活中有诗韵的因素，把它们应用到诗歌创作中，能够使诗歌更接近社会

---

[1] 浜田正秀：《文艺学概论》，陈秋峰、杨国华译，中国戏剧出版社1985年版，第70页。

现实与生活，增强诗歌的契合度。但并不是说所有的日常口语都能够入诗，那种只波及生活日常表面的看似极其契合生活的所谓口语诗，美学价值很小。只有那些既展现诗人的情感体悟，又具备诗歌语言独有品位的口语才具有诗韵，而且需要经过诗人精细的筛选、构思以及诗篇结构的匠心构成，才能够成为具有独有风味的诗歌。没有筛选地运用口语，全部作品通篇采用口语，顶多算是一种言语娱乐游戏，如果没有高超的语言灵敏性和表达圆通性，就很难获取诗性美感。

单从个体的视角来感知客观世界，不多方位思索史实、文明，不聚焦诗的美学视角，也不多方位展现、思索社会现实，只是抓住传统、社会、现实中的某一点就以此来评判一切，乃至反对一切，这是个体性的另外一种表现，也是最重要的表现，一般只偏重个体性的诗人，经常比较偏执，做事以个体为中心，认为自己的需求高于一切，很少替别人考虑，更不会从别人的视角考虑问题。个体性的诗歌缺失自我反省，缺失自省意识，缺失换位思考，缺失广阔的美学眼界。这种个体性在诗歌中的特别展现就是局部和拆解。其实，拆解的本意就是通过解剖一些知识性认知中的不合理要素，推动人们对史实、文明、社会、生命更多方位领悟、解析，再度思索生命，推动人与社会的多方位发展。有些人却因此而拆解所有，把人类都普遍认可且已经成为文明的东西进行揶揄、诽谤乃至诅咒。这样做的结果就是让人类缺失了理想，缺失了高尚，诗歌也缺失了思想追寻，但又没有新的思想生成，作为性灵与思想的美学，诗歌失去了思想支柱。对于诗歌的拆解趋向，我们也不能一概否定，而是要具体看这些作品要拆解的是什么，如果是那些阻碍人类、社会现实、美学发展的或者有阻碍的元素，这样的拆解是能够接受的，如果拆解一切，包括某些优良的传统文化和高尚的思想，这样的拆解就没有任何诗学美学可言，结果还会让我们失去思想的依靠与方向。

个体性的诗歌往往只是诗人自我的出身和感悟的抒写，缺乏与别人交流的性灵根基。诗人真正能够震撼读者的不是诗人个体的出身和个体感悟，而是诗歌的艺术美追寻——包括美妙的情感、美妙的语言和美妙的艺术表现。

很多从个体角度叙事的诗歌都有许多伪善的元素。有些诗人视野狭窄，目光浅薄。他们看不到现代社会的进展、人的成长的主旋律，只能看到社会发展中的局部的、表层的迹象，就大肆渲染，来拆解我们本来就有的已经被广泛认可的优良的传统，来诽谤我们已经取得的伟大成就。这或许是一种人格上的缺陷，换句话说，就是"酸葡萄心理"。一些诗人有意无意地谴责、毁谤一些刊物，把一些公开出版的刊物称为"官方媒体"，甚至对其嗤之以鼻。他们自称站在民间立场进行创作，甚至宣扬自己是"体制外写作"，而事实上，他们又千方百计想方设法在这些公开媒体上发表作品——自然，以此来彰显个体的地位。

许多个体性、私有性的作品缺失热情，缺失血气，缺失思想构建，缺失美学上的创造，缺失美。这种作品的弥漫与当下社会盛行的表层化、浮夸的倾向密切相关，也与一些诗人的倦意和对诗的把玩、歪曲、曲解的立场密切相关。个体性、私有性可以作为诗的基础而存续，但绝不是诗歌的首要与趋势。作为个体，一个诗人具体要做什么事、要创作什么作品，我们没有资格去评头论足，但是，如果这种个体性、私有性的内容以各种媒介走入公众的视野，在个体之外的公众范围内传播，我们就必须去思索它的功用和效能了。这种创作倾向不但带来了诗的沉郁，使人的思想受到严重伤害，而且可以摧毁读者阅读诗歌的乐趣，摧毁诗的美好形象。

第三节 灾害新诗的社会性
与其艺术价值

从美学叙事上讲，个体叙事能够成为诗歌创作的基础，但是不能成为诗歌成败的象征。

人具有生物性的一面，具有个体性、私有性的一面，但更具有集体性、社会性的一面。我们通常说的"人性"是"人的特性"的缩写，不是"人的本性"的缩写。人的特性包括自然特性与社会特性两个方面。自然特性指人的生物性一面，是得天独厚、与生俱来的，与其他生物没有什么差异，比如人的本性、欲念等等；社会特性是经过出生后的修行、研习等逐步养育起来的，是人的本质之所在，是不同于其他生物的。有些人并没有把自然特性与社会特性的关系弄清楚，以为人性就是人的本能，就是人的自然特性，就是人的生物性。这种曲解致使有些人在宣扬人性的时候出现导向性、规则性的错误。他们认为，宣扬了人的欲念、本性，就是宣扬了人性，他们认为自由就是随心所欲、肆无忌惮。

个体性是较少经过社会集体的磨砺而具备的特性，更多属于生物性的一面，而不是社会集体性的一面。古人讲究"慎独"，就是说个体在独处没有人监督时应该和集体相处的时候一样，能够按照集体的准则处事。"慎独"的首要任务之一就是抑制"私欲"，使"私欲"不在隐蔽之处生长，从而避免"离道"，避免远离人的规则，人的品行。

自古有造诣有道行的人都有个体对人的见识，有个体的为人处世准则，也有自我的内心、举止的规范。他们的内心不单是只有自己，而且也有别人、有客观世界。他们不单是具备人的生物性的一面，更多的是从人的社会集体性的一面展现出自己个体的不同凡响。我们经常说，诗人是社会时代的"喉舌"，这并非说诗人没有自然特性、个体性的一面，而是说他们在表现社会时更多地考虑人的集体共通性，通过自己这个个体来认识社会现实、生命，来抒写人的思想境界，构成人类共同的抱负、理想，给那些需要这种素养的人以启迪。因此，我们才会说，诗歌具有净化性灵的作用，可以提升人的思想，净化人的性灵，使人更像是人，朝向属于人的目标推进。当然，我们以前的认知中，把"喉舌"解析为紧随政治走，紧随标语走，是极其狭隘的认识。政治与标语，不一定对社会进步和人的发展具有真正的促进作用。

诗歌是表达人的性灵、情绪的，固然无法完全脱离人的生物性、个体性的一面，比如美好的爱情、男女之间性的冲动、利己、暴虐等其实都是人的生物性的表现。同时，诗歌是人缔造的，势必应该宣扬人与一般动物不同的地方，也就是宣扬人之所以终极足以被称为人的那些要素，在这方面，后天形成的、社会影响的修养应该占有更大比重。人性是繁复多变的，胸襟坦荡的君子、品德高尚的圣人与心胸狭隘的小人、品格普通的凡人的人性是截然不同的。诗歌自缔造以来，把宣扬高境界的人性作为自己的责任，胸襟坦荡的君子、品德高尚的圣人的高境界，是最能够体现人与其他生物不同的地方。但是，现在的有些所谓的诗歌作品中，更多的似乎是表现个体、单调、虚伪、卑琐，是心胸狭隘的小人、品格普通的凡人的心态，这不能成为诗的主流。

作为文学艺术，诗歌具有社会性特点。诗是诗人的性灵体悟，诗人期待经过个体的美学发掘和美学缔造去熏陶、涤荡更多的人，终极目标是净化人类生存的客观世界，给人类的人生以终极关爱。

人性的关键是人的社会集体性，那么任何人就必须首先要考虑个体与集体的关系，生物性与社会性的关系。诗人，在创作的思维过程中不一定斟酌的是个体与集体的关系，但是在诗人的教养中含有社会集体的因素，诗人的意念中有社会集体的因素。也就是说，诗歌的集体叙事不是客观作用力强加给它的，而是真正领悟了人及人性的诗人在处理个体与社会、个体与集体关系时理应已经具备了的受社会影响形成的。从集体视角叙事的诗歌作品来看，即使写个体的体悟，也时时展现、暗含了阅读者所接纳、所领悟的情绪体悟，这就是诗的社会集体性。

社会集体性，就是诗歌在艺术形式上、社会内容上都蕴含着诗人对整个人类的生命、社会现实的共通兼顾。也有研究者把社会集体性称为"同感"或者"共鸣"。诗所展现的丰富的社会内容不仅仅是个体的隐语，更应该具有揭示人类人性实质的丰富内容。具有社会集体性的诗应该就是那种能够表达出人类共通的感悟，但是并不是人人都有能力用适合的语言表达出来诗，而诗人却具备这种能力，诗人把个体的美学表现与他们对集体的聚焦糅合在一起,创作出社会集体性的诗。在中国诗歌史上,有一些最终成为不朽作品的诗歌,外观上看上去非常简单,却能够被一代又一代人争相传诵,就像大家都熟识的杜牧的《山行》:"远上寒山石径斜,白云生处有人家。停车坐爱枫林晚,霜叶红于二月花。"李绅的《悯农》:"锄禾日当午,汗滴禾下土。谁知盘中餐,粒粒皆辛苦。"王之涣的《登鹳雀楼》:"白日依山尽,黄河入海流。欲穷千里目,更上一层楼。"贺知章的《回乡偶书》;"少小离家老大回,乡音无改鬓毛衰。儿童相见不相识,笑问客从何处来。"孟浩然的《春晓》:"春眠不觉晓,处处闻啼鸟。夜来风雨声,花落知多少。"贾岛的《寻隐者不遇》:"松下问童子,言师采药去。只在此山中,云深不知处。"戴望舒的《我用残损的手掌》"因为只有能力是太阳,是春,/将驱逐阴暗,带来苏生……那里,永恒的中国!"这些诗歌作品表达简洁质朴,浅显易懂,千古流芳,主要原因是这些诗歌作品展现诗人个体的别样体悟时,同时展现了诗人个体之外的人类集体的体悟和感受,具有社会集体性,展现了别人想展现却未展现出的体悟。

诗的社会集体性主要有三方面的美学表现:

诗的社会集体性的第一个美学表现,就是通过聚焦惯常的生命,在熟知的生命中缔造出在美学上具有生疏感的诗歌作品。这种诗歌作品所聚焦的通常是人们都比较熟识的目标、情感,但诗人以独特的美学表达,揭示了体悟的别样性,这种体悟是大家都曾体验过的。诗歌聚焦共通的生命、社会现实,并不是说诗人就舍弃了自我个体,使诗成为传话筒,成为口号、标语。艾青在社会集体性的表达上做出的贡献超越了同时代的诗人。艾青的诗歌作品在表达上追求散文化，所用的艺术手法、意象都是在中国传统诗歌中能够发现的，乃至在散文创作中也能够发现，但他的诗歌作品是对社会现实、生命别样的思索，有诗人自己个体别样的体悟，而他更是以一个中国人的身份来表现中国的社会现实，诗中所抒写的既是他个体的体悟，也是中国人集体的体悟，既是他个体的情绪，也是中国人集体的情绪。在艾青的诗歌作品中，个体与集体很好地结合在一起。这样的诗歌作品具有社会集体性，不是个体性的，而是个性化的诗。在中国现代诗人中，艾青的诗歌作品整体美学水平高，优秀作品非常多，有《桥》《树》《乞丐》《手推车》《雪落在中国的土地上》等等。

在北方

乞丐徘徊在黄河的两岸

徘徊在铁道的两旁

在北方

乞丐用最使人厌烦的声音

呐喊着痛苦

说他们来自灾区

来自战地

饥饿是可怕的

它使年老的失去仁慈

年幼的学会憎恨

在北方

乞丐用固执的眼

凝视着你

　　　　看你在吃任何食物

　　　和你用指甲剔牙齿的样子

　　　　　在北方

　　　乞丐伸着永不缩回的手

　　　　　乌黑的手

　　　要求施舍一个铜子

　　　　　向任何人

　　甚至那掏不出一个铜子的兵士

　　艾青的诗既包含个体的体悟，又抒写了一个民族的集体体悟，个体的美学发掘、美学缔造与集体精神的完美结合成就了艾青。

　　诗的社会集体性的第二个美学表现，就是对个体体悟的提高、超越，使个体体悟成为集体体悟，生成诗的社会集体性。作为一种文学美学形式，诗歌的叙事应该是个体与社会集体的对接。以个体性来充裕社会集体性，以社会集体性来制衡和限制个体性。个体要博得精准定位，仅靠个体是不够的，是没有方向感的，只有在与集体、社会的沟通、对比中才得以获取。伟大的诗歌作品通常是从个体的体悟中获取，展现广泛的生命哲理。由个体性提升为社会集体性的过程，诗人的影响非常重要。有很多个体性的诗歌，自身蕴含社会集体性特征。诗人对社会生活、生命都有自己个体的体悟和见解，这些体悟和见解有些是个体的，有些能够被社会集体所接纳。有些虽然能够被社会集体所接纳，但不能转变为促进生命与社会进展的动力，也就难以生成社会集体性。

　　吕进说："诗的生命在诗中，而不在诗人的身世中。诗人发现自己心灵的秘密的同时，也披露了他人的生命体验。他的诗不只有个人的身世感，也富有社会感和时代感。这样的诗人就不会被社会和时代视为'他者'。对于读者，诗人是唱出'人所难言，我易言之'的具有亲和力与表现力的朋友与同时代人。难怪朱光潜要说'普视是不朽者的本领'。"[1]

诗的社会集体性就是诗与接受者、与社会现实、与时世的对话，诗歌社会集体性的获取，要求诗人有广阔的眼界，有关爱社会集体和他人的态度，不是纯粹以个体为重心，更不是井底之蛙坐井观天，而应该能够见微知著，从个体而知社会集体。诗歌的最高境地应该是"忘我"甚至"无我"。

有些诗人的诗涉及的题材是个体性的。但是，即使不谈诗歌的艺术性，单从诗人把个体融合在群体之中，从个体性中发现、表达超越个体性的内涵，带给我们人性的温暖，就可以说，它们是具有特色的诗。桑恒昌《打吊针》是诗人生病时的一首诗："深感欣慰的是 / 医师护师 / 超重的情 / 和救死扶伤的手 / 使不锈的钢针 / 也有了 / 白衣天使的 / 体温和柔情。"医务人员的温情减轻了病人的病痛，诗中饱含了病人对医护人员的感激之情，这份感激之情既是诗人个体病痛中的深切感受，又是病人这个群体集体的深切感受。在黄永玉先生宅邸荷塘的周围墙壁上，刻着很多诗词。这些诗词都是黄永玉先生手写之后又刻在花岗岩并镶嵌在墙壁之中。看得出来，黄

---

[1] 吕进：《三大重建：新诗，二次革命与再次复兴》，《西南师范大学学报（人文社会科学版）》2005年第1期。

永玉先生特别喜爱这些诗词，这些诗词之中就有桑恒昌先生的《总是这方热土——之五》"所有的路／都是／不愿意站起来的纪念碑"。黄永玉先生喜欢的这句极具代表性，桑恒昌擅长运用哲理性的短句把个体的感悟融合在群体之中，鼓舞了众多读者。桑恒昌的《日出》中"朝霞／一把火／把夜／天葬了"道出了众多普通民众的共同心声。

诗的社会集体性的第三个美学表现，就是诗歌应该有目标，有境地，在一定程度上能够引领接受者走出人生的至暗时刻，奔向人生的明净、圆满的境地。这样的诗所具有的社会性能够最终超越普通读者的感受，才能为人仰止，才能为多数读者喜爱，甚至能够产生超越时代的影响。

在中国古代，普通民众非常尊敬诗人，那时候诗人的威信非常高，乃至有"以诗取仕"的制度，那时候诗人们在聚焦个体的同时，也聚焦社会生活，聚焦时代，聚焦集体，探索诗歌的社会集体性。但是，当普通民众过于导向自我个体、展现自我个体时，诗歌中能够被更多人接纳的要素就会慢慢越来越少，社会集体性慢慢削弱，接受者也就会跟着越来越少，诗人的威信也会慢慢被削弱。"当人们在现实中感到迷惘时，诗赞颂着民族乃至人类的精神命运，启迪和拯救人的灵魂。当人们需要赖以立足的基石时，诗镌刻着思想的潮汐涨落和情感的风云流变，使石头有恒久的坚实。当人们因为生活的喧嚣而产生心灵的躁动时，诗提供着调适奔忙的血液的圣洁艺术。当人们面临从深层浮到表层的价值紊乱时，诗喷涌着岩浆般的炽烈光芒。即使是在商品大潮漫过的沙滩上，诗歌依然为人们清晰辨认的丰满的激情。几多困惑，几多苦思，我们因此而没有理由为诗悲哀。正如里尔克的一句名诗所言："'有何胜利可言？挺住意味着一切。'"[1] 诗歌需要聚焦社会现实与客观世界，启发人的性灵，挽救人的精神，揭示深邃的理念，充盈着人生的热忱与激情。我们应该在诗的社会集体性、诗的美学境界等方面做出努力，我们不应当在诗歌发展濒临逆境的时候选择放弃，而是要探求本源，探求诗歌美学追求的新路，探求诗歌美学构建的方向，探求诗歌奔向接受者内心的切入点。

诗歌是需要向度的。诗不是叙述，不是白描，而是应该有诗人情感和体验的加入。叙述与白描很容易使诗歌陷入个人身世的描写中，那样就难以打动他人。在关注现实的时候，有些诗人只描写现象，或者只思考根源，把人生与现实抒写得血淋淋的，使读者在读到诗歌之后依然感觉茫然，甚至对人生与现实产生恐惧心理，难以做出自己的选择与判断。这不是诗歌作为艺术的目的。因此，诗歌不但能够深入全面地揭示生命与社会现实，而且能够通过诗人的体悟为众多的接受者思索生命、抉择生命并给予启发，给予方向。高尚理想的展示是诗歌包括一切艺术所必须具备的美学品质。诗歌应该能够把人类导向人生的崇高与圆满，导向明净与丰硕，导向饱满与充足。艾青在战争年代不仅仅写出了《雪落在中国的土地上》这样的战争给中国带来的苦难的诗歌，更写出了《树》这样的象征中华民族强大凝聚力的作品，还有读者耳熟能详的《我爱这土地》，表达了中华民族儿女的共同心声。

---

[1] 杨匡汉、刘福春：《1990—1992 三年诗选·序》，人民文学出版社 1994 年版，第 1 页。

诗是需要境界的。所谓境界，就是诗歌应该具有的高尚的文格与人格。就是尽可能张扬诗歌艺术所具有的独特之美，张扬人与其他动物不同的因素，在开阔的视野中张扬人的属性，实现人在精神上的超越与圆满。诗歌的境界来自"真"，来自对真性情的抒写，来自对生活的真实体验的抒写。诗人不是社会现象的记录者，不是个人身世的述说者，诗人应该是社会的良知，是生命路向的发现者，是黑暗世界的引路人，是把人生引向自由与光明的使者。诗歌应该敢于直面现实，关注众生，追求真理，提倡博爱，拯救人的灵魂。因此，诗人应该明白自己的位置，他不是世界的一切，他的心目中不能只有自己，而是应该把自己放在整个社会历史的长河中，放在群体中，通过个人表现群体，通过历史表现并思考现在与未来，把他人、社会甚至整个人类作为关怀的对象，给他们以安慰、启迪，使自己成为芸芸众生中的寂寞的清醒者。只有这样，诗人的创造才有价值，诗人的生命才有价值，诗人才能真正成为人们心灵的明灯，也才能受到读者和社会的敬重。

艾青在诗歌创作过程中追求"实"，真实地表现现实社会生活，他是他所生活的时代的最忠实的代言人。诗歌作品创作意义与价值的高低取决于其作品展现社会现实的真实与否，艾青持有同样的美学观念，他"大胆地感受着世界，清楚地理解着世界，明确地反映着世界"[1]。我们纵观艾青20世纪40年代的诗歌创作，整个创作过程给读者一种"实"的境界。艾青的诗歌作品精准地展现了他们所处那个时代的走向趋势，展现了他们

---

[1] 艾青：《论抗战以来的中国新诗》，《艾青全集》第3卷，花山文艺出版社1994年版，第171页。

对社会现实的真实态度。艾青说："我们是悲苦的种族之最悲苦的一代，多少年月积压下来的耻辱与愤恨，都将在我们这一代来清算。我们是担待了历史的多重使命的。……我们写诗，是作为一个悲苦的种族争取解放、摆脱枷锁的歌手而写诗。"[1] 出于"要真实地展现社会现实"的创作动机，艾青的诗歌中所展现出来的种种情绪、理念和思想特质，势必具备现实生活的真实性，艾青的诗歌作品一直是他们那"伟大而独特的时代"的产物。感悟着社会集体的脉息、聆听着社会集体的声音，紧随着社会集体的步伐，深邃而别样地高唱着社会集体之歌。

社会集体性是诗歌的基本特性：从聚焦对象到美学叙事，从美学手法到情绪内容，都应该能够考虑诗歌带给社会集体的影响。诗歌具有思想净化功能，甚至具有教化、引导功能。有些私人个体的内容不应该在具备社会集体性的诗歌中出现。

新诗的叙事构成应该是从全方位开展的。确切来说，就是应该全方位考察历史与社会现实，通过诗人自己个体的思索，客观地看待社会现实中发生的一切，宣扬对生命的成长具有价值的理念与思想，驳斥、拆解对生命与社会现实的发展具有妨碍作用的思想和想法。诗人是社会思想的发掘者和构成者，在思想境界方面应该高于普通民众，在思想方面具有引导的作用，如果我们的诗人在思想境界上与普通民众没有什么差别，乃至其眼界、境地还不如普通民众，所观察到的、体悟到的还比不上普通民众思索

---

[1] 艾青：《诗与宣传》，《艾青全集》第3卷，花山文艺出版社1994年版，第77页。

得周全，他们所展现的意蕴不能推动社会思想发展的步伐，那么，诗歌的成长、诗人的身份与社会中的形象势必受到极大影响。

第三章

中国新诗灾害叙事建构的
历史之"真切"

前边在灾害的定义中曾经提到过，按照灾害成分来进行划分，灾害包括自然灾害（气象灾害、地质灾害、生物灾害和天文灾害等）和社会灾害（政治灾害、战争灾害、经济灾害、文化灾害和人类活动造成的灾害等）两大类。简单概括，灾害就是人类赖以生存的自然和社会环境被迫脱离原有轨道的一种现象，这种被迫脱离原有轨道的现象严重侵害或剥夺了自然和社会环境支持人类赖以生存的最基本的功能，从而严重危及人类的实际生存状态。在社会灾害中，战争灾害以及人类活动造成的灾害对人类生活的影响较大；在自然灾害中，地质灾害和生物灾害给人类造成的困扰比较大。接下来，笔者就社会灾害和自然灾害两大类中的灾害新诗为例，具体分析中国灾害新诗叙事建构的历史之"真切"。

第一节 社会灾害新诗

前边提到，在社会灾害中，战争灾害以及人类活动造成的灾害对人类生活的影响较大，我们就选取军阀混战时期和抗战时期的诗歌为研究对象，探究诗歌作品对社会现实的"真切"的再现。

20 世纪 20 年代，北洋政府开始统治中国，在中国历史上，北洋政府还是第一个凭借和平的手段完好地承继前朝版图的政府，也是继清朝灭亡之后的第一个被全球认可的中国政权。签订"二十一条"之后，袁世凯计划建立君主立宪制国家，他想效仿德国、日本的做法，但是最终因地方军阀的阻碍和日本的搬弄是非而中止。北洋政权头领袁世凯死后，北洋军阀土崩瓦解，皖系、直系两大派系曾经争权夺利先后控制过中央政权，第二次直奉战争之后，迅速壮大的奉系又控制了北洋政权，一直到北伐战争之后，政权才结束了分崩离析的状态，达到了短期的统一，但不久之后又爆发了中原大战和十年国共内战，其规模远远超过了北洋历届政府的内战。从政治层面来看，辛亥革命建立了资产阶级民主共和国，颠覆了两千多年来的封建专制体制，民主共和的观念深得人心。但是出现了独裁复位，军阀混战割据，把整个中国推入黑暗时期。从经济层面来看，中国民族资本主义出现了"短暂春天"，这是因为辛亥革命提高了资产阶级在国家的社会地位，再加上一战期间帝国主义精力有限，对中国的经济侵略放松了。从思想文化层面来看，提倡"科学""民主"的新文化运动的全面展开，动摇封建正统思想的地位。这一阶段，是中国近代（现代化）化全面发展的重要阶段。

军阀割据混战给中国民众带来了战争灾害的生活苦难。诗人经历了众多波折，历尽人生苦难，亲身体验到了社会现实的阴暗，对中国社会现实有切痛的感悟和极为透彻的审视，所以他们的很多诗歌作品都是对血和泪的社会现实和人类生命的最为真切的表现。郭绍虞在《咒诅》中说："咒诅的诗，咒诅的歌，咒诅的文学，怎能写得尽该咒诅的人生呢？"他们的诗歌作品就是剑指"地狱的人间"或"人间的地狱"，直捣"该咒诅的人生"，诗歌作品尖锐地描绘出了"黑暗王国"的人间百态与世态炎凉。叶绍钧的长诗《浏河战场》通过细节描绘了浏河战场之后乡村的客观景象，到处是一片萧索、衰败的样子，诗人愤愤地揭发着军阀不可饶恕的罪状，"我们如来到古国的废墟，/ 我们如来到寂寞的墓场，/ 摧残，颓唐，/ 枯槁，死亡，/ 我们在这里清楚地 / 认识了那四位魔王。"矛头直指军阀。郑振铎借一只"悲鸣之鸟"的口"勉振着唱哑了的歌声唱着"。战争带给人们的生活的凄怆和社会的黑暗，恶狼吞噬掉孩童，富人绞死了穷人，军阀枪杀一个个老百姓……溪水听到悲鸣的鸟儿的歌声啼哭，花瓣听到悲鸣的鸟儿的歌声落地，飞蛾听到悲鸣的鸟儿的歌声自戕，但是"墟墓似的人间"却仍然"还是寂沉沉的"！"它悲叹现在的人的血都冷了"，"悲叹在现在寂沉的世间，连一个为自己的生命与权利与自由而奋斗的人也没有了"。（《悲鸣之鸟》）诗中的喟叹好像太过颓废消极了，但它正是诗人哀其不幸、怒其不争的愤懑之情的深切体现。徐玉诺的诗歌作品在鞭挞社会现实、揭露社会黑暗方面表现得最为悲楚，这个"被生活逐到异地"的诗人，用自己的切身体验，描画着军阀混战、兵匪横行的中原大地的残破、凄惨，倾诉着农村的哀歌、悲苦。面对如此凄惨的故乡，诗人不禁唏嘘："在黑暗而且寂寞的夜间，/ 什么也不能看见，只听得……杀杀杀……时代吃着生命的声响。"（《夜声》）这种"挽歌般的歌声"，较之"朦胧梦境之希望来得响亮得多"[1]。在诗人的故乡，"——近来的淌将（土匪）都变了性质，/ 他们认识他们的行为 / 是升官发财的一条捷径；/ 他们将要联络地主，/ 地主联络了军官。/ 他们都是同道者了"。（《小诗》）在诗人的故乡，"没有恐怖——没有哭声——/ 因为处女们和母亲，/ 早已被践踏得像束乱稻草

---

[1] 郑振铎：《将来之花园·卷头语》，商务印书馆 1922 年版，第 1 页。

一般／死在火焰中了。／只有热血的喷发，／喝血者之狂叫，／建筑的毁灭，／岩石的崩坏，／枪声，马声……／轰轰烈烈的杂乱的声音碎裂着"；（《火灾》）在诗人的故乡，"在除夕的大街上，／冷风刺刺地刮着踏碎的冰，／极冷清，／一个上年纪的乞丐，／只剩一个空虚而且幻灭的破碗，／什么东西都没有了"。（《杂诗》）在那时的诗坛上，这么传神、这么悲愤地揭发黑暗的旧社会的诗歌作品实不多见。

军阀混战时期，诗人不仅对战争灾害给普通民众带来的苦楚与噩运深表怜惜，而且还激励普通民众共同起来进行抗争。郑振铎的《侮辱》是表现人力车夫惨遭凌辱与毒打的事，这是他回忆在北京曾经遇到过的一件事，这个人力车夫凄惨的痛哭声长久地留在诗人的耳畔，"想是永远忘不掉了"。"被侮辱的人，不要哭吧！／像你，一样的哭声，一天还不知有多少呢。／从几百几千年来，你们的眼泪已成河了，已成海了。／谁还留意你的弱小的哭声？"郑振铎然后写下："被侮辱的人，不要哭吧！／让我们做太阳，／让我们做太阳光的一线。／只要我们把无数的太阳光集在一起，／就可以把黑雾散开了。"徐玉诺曾经点明，出于"人类决想不到如何反抗"的这个缘故，才导致人类永久被"戏弄"（《命运的猴子》），因此徐玉诺倡导通过武力来与旧社会进行抗争，摧毁旧社会，如果说这种抗争还是自发的、莽撞的举动，那么叶绍钧则宣扬集体意识，宣扬联合起来进行抗争，朱自清则更明晰地赞美中国共产党所指引的反帝反封建革命。这些诗歌作品从敢于面对血与泪的战争灾害所带给的苦难的现实人生，发展到用诗宣扬革命，把诗歌的批判现实的功能与改变现实的功能紧密地对接在一起，推动了诗歌表现客观社会现实的深入与演变。

七七事变之后，中国开始进入争取独立解放的时期，中国的历史开始转入全民族争取解放的时期，在这样的历史时期，中华民族的走向问题被推向了社会生活与时代意识的前沿。"民族的命运，也将是文艺的命运"[1]，这不仅是时代的呼唤，也是诗人所必须面临的形势。

抗战爆发之后，首先应该提到的是现代派诗人，他们匆忙告别了逃避黑暗现实、躲进象牙塔的过去，"一面撇开了艺术至上主义的观念"，"一面非常迅速地把自己投进了新的生活的洪流里去，以人群的悲苦为悲苦，以人群的欢乐为欢乐。使自己的诗的艺术，为受难的不屈的人民而服役，使自己坚决地朝向为这时代所期望的，所爱戴的，所称誉的目标而努力着，创造着"，他们"为自己找到了他们诗的新的栖息的枝桠"。[2] 健康的战斗的歌唱代替了过去那种"纯诗"世界中精致的吟唱。正如卞之琳所说："炮火翻动了整个天地，抖动了人群的组合，也在离散中打破了我私人的一时好梦。"[3] 戴望舒深情地为民族解放而歌，创作了《元日祝福》《我用残损的手掌》等感人至深的名篇，何其芳《成都，让我把你摇醒》《生活多么广阔》《我为少男少女们歌唱》等，显示出他在生活和创作上不断进取的努力。

当日本侵略者发动的侵华战争让国家和普通民众蒙受着屈辱时，当诗

---

[1]《中华全国文艺界抗敌协会发起旨趣》，《文艺月刊·战时特刊》第9期，1938.4.1。

[2] 艾青：《论抗战以来的中国新诗》，《艾青全集》第3卷，花山文艺出版社1994年版，第177页。

[3] 卞之琳：《雕虫纪历·自序》，人民文学出版社1979年版，第1页。

人们正面对着一场生死与存亡、荣耀与耻辱、兵戎与热血的殊死拼搏时，他们唯一的选择，就是与普通民众共同投入民族解放战争中，"把新的血的战争的现实写进诗里"。抗战时期，诗歌作品中胜过所有的主题就是战争，在战争的大主题下，包括抗议日本侵略者暴行、宣扬讴歌全民族救国壮举，揭发国内反动派背叛祖国的罪状，揭穿、抨击腐败，以及对国家出路与命运的思索等等具体的主题。如同诗人魏巍写的"在这苦战的年代，你应把智慧也用于战争，把战争也当成诗"。（《诗，游击去吧》）诗歌所展现出的战争灾害客观景观既是具象的，又是全景式的；既是纵向的，又是多方位的。诗人们从社会现实生活中审视、体悟、体味、提取，描写了敌人的凶顽与抗日勇士们浴血奋战的英勇，鲁琪的《英勇的爆炸手》、苗得雨的《我送哥哥上战场》、陈登科的《老虎不要再凶》、田兵的《我们的女战士》、冈夫的《敌人来了困死他》、公木的《八路军进行曲》、朱子奇的《民兵从前线回来了》、胡征的《我回来了》、贾芝的《牺牲》、夏川的《血战苏村》、袁勃的《不死的枪》、流箭的《哨》、侯唯动的《将军的马》、丹辉的《红羊角》、魏巍的《蝈蝈，你喊起他们吧》、蔡其矫的《雁翎队》、商展思的《不准挂个"小"》、孙犁的《儿童团长》、曼晴的《打灯笼的老人》、方冰的《歌唱二小放牛郎》、柯仲平的《边区自卫军》等等，俯拾皆是，它们全面地呈现了战争的多个侧面，五彩纷呈地映射出战争中的事变、形象、感悟，波澜壮阔，惊心动魄。

抗战时期的诗人不仅仅描写战争灾害所带来的残酷的客观景观，更是展现抗战时期普通民众所表现出来的中华民族的抗争精神。荷载着抗战初期的热忱和亢奋，抗战初期的诗歌充溢着对抗战的激励和美好的赞美，充满着震人心魄的激励力度和乐观昂扬的基调。郭沫若在《战声集·前奏曲》中唱道："全民族抗战的炮声响了，/我们要放声高歌，/我们的歌声要高过，/敌人射出的高射炮。/最后的胜利是属于我们，/我们再没有顾虑逡巡，/要在飞机炸弹之下，/争取民族独立的光荣。"臧克家也在《血的春天》中高歌："我们要用炮火/夺回温暖的春天/不能叫大地的母体/碎尸万段！/……/在战争中/抖颤着一个血的春天！/抗战！抗战！"震人心魄和乐观昂扬是抗战初期作品的大方向，在异常猛烈的爱国气氛中，诗人们激越地歌唱出一首首抗战的颂曲，基调热切坦诚，激昂豪迈。恰如芦焚那时点明的："这时期诗的主要任务在于传达抗战的任务，诗人是号手，是尖兵，是为祖国战斗的站在最前排的战士，因而出版的诗集或在各杂志报章上的副刊发表的诗都是热情的歌唱而洗脱了过去靡靡之音。"[1] 那时的诗歌作品被当作斗争的军号，"它已不复是湖上的清涟，而是海洋的汹涌的巨浪；它已不复是林中的鸟语，而是暴风的呼喊；它已不复是恬静的溪水，而是狂奔的激流"。[1] 那时郭沫若也曾提出：诗人们普遍"受着战争的激烈刺激，都显示着异常的激越，而较少平稳的静观，这是无可否认的事实。因而初期的抗战文艺在内容上大抵是直观的、抒情的、性急的、鼓动的，而在形式上，则诗歌和独幕剧占着优势的地位"。[3]

抗战时期，普通民众最喜欢文学作品中的诗歌，由于战争自身的激发，

[1] 芦焚：《二十年来中国新诗发展的回顾》，《中国诗坛》1940年第4期。
[2] 郭沫若：《我们的广播》，《诗》第3卷第3期，1942.8。
[3] 郭沫若：《新文艺的使命》，《新华日报》1943.3.27。

又由于诗人比普通民众对周围的社会现实的感悟更为敏锐，随着抗战的军号响起，诗歌便迅速勃发起来，诗歌自身也变成了抗战的军号，毫无疑问，艾青与田间的诗歌是这一时期诗歌战斗精神的最为集中的代表作品。艾青的《向太阳》是军号，田间的《给战斗者》是战歌，它们共同表现出那个时期的嘹亮、激昂、浑厚的声响；诗人内心鼎沸的热情与长久内心抑郁的对侵略者的愤懑情感，一齐迸发了出来，它们共同展现了中国普通民众迎着战火挺身奋起走向战斗和胜利的坚韧意志，愤怒地控诉了日本侵略者的暴行，热烈地歌颂了"巨人似的雄伟地站起来的"中国普通民众的英雄气概。诗篇情感激昂，波澜壮阔，充溢着革命英雄主义和乐观主义精神。在诗歌作品中，诗人们越发娴熟地使用了他们别样的抒怀形式，激荡的豪情和疾风暴雨般的时代最强音，使诗歌成为中华民族抗战的进攻战鼓与军号，形成强大的社会感染力。在这大转折时期，对时代与个人生活来说都是，奔涌在诗人胸怀的，是巨变的社会生活，诗人直接把激情与豪情提纯出来，使它们不由得倾泻出来，像江堤决口一般，成就了赤诚感人的诗歌作品。

《我亲眼看见》这首诗中，方冰写下了日寇烧死一个小孩子的细节，日寇的惨绝人寰令人发指，诗人忍不住怒火中烧："我们要复仇！"在《炸死那些野兽们》一诗里，诗人为亲人复仇、为被残害的家乡复仇的怒火燃烧，他呼喊着："多埋一些地雷，／炸死那些野兽们！""叫他们／走在路上路上响，／进了村子村里响；／敲门门响，／上炕炕响，／烧火灶响，／山上也响河里也响"；"就这样也炸不平／这太多的仇恨！"在《过平阳镇》这首诗的开端，诗人就写出了充满思辨性的诗句："仇恨的血迹，／是很难消灭的；/ 它永远鲜红，/ 在复仇者的心里。"当读者读到如此的诗句时，读者莫不感悟到一股仇恨在迸发，莫不感悟到一种雪耻的抗争精神在喷薄。蔡其矫的《肉搏》中，写了八路军的一位年轻战士和日寇面对面肉搏的细节。拼刺刀时，他们的刺刀一并刺入对方的胸腔，因为八路军的刺刀没有日寇的长，所以颤抖的日寇未曾丧命倒地，"我们的勇士没有时间思索，有的是决心，/ 他猛力把胸膛往前一挺，让敌人的刺刀穿过脊梁，/ 勇士的刺刀同时深深刺入敌人的胸膛"。为了能够歼灭一个日寇，小战士不吝献出自己的生命，强有力地表现在诗中的是中华民族的百折不挠的斗志和战士们的赴汤蹈火的气势。陈辉的《为祖国而歌》最受读者称颂，为战士唱了一首"无比崇高的赞美词"，写战士要用自己的血肉之躯来为祖国的胜利而战，即使牺牲了，"在埋着我的骨骼的黄土堆上，/ 也将有爱情的花儿生长"。诗中充溢着强烈的爱国主义豪情与必将取得最终胜利的坚定信念，它综合了千百万革命斗士博大的胸怀和美好的憧憬，成为永存的作品。《不知名的作者》是柯岗创作的一首叙事短诗，述说了一个抗日小战士悲壮献身的故事，震撼人心。在诗中，"古老而康壮"的松树是故事的见证者，当小战士身陷囹圄的危难时刻，枪里最后仅存的三颗子弹也早已用完，众寡悬殊，插翅难飞，她毫不犹豫从陡崖绝壁上跳了下去。诗人满怀豪情地歌唱这只"红色的山鹰"；"飞出来呀 / 她举着没有子弹的枪 / 她披着一身火焰 / 像一只暴怒的红色的山鹰 / 她发出尖厉的呼唤"。

抗战时期的诗人与军阀混战时期的诗人有所不同，军阀混战时期，诗人对战争灾害给普通民众带来的苦难客观景观的描写以及对普通民众抗争精神的描写在情绪方面有所克制，毕竟当时的矛盾属于民族内部矛盾，诗人在表现社会现实的同时更多的是对中国社会国家体制未来走向的深度思考，因此这一时期的理性思考占了上风。但是到了抗战时期，中华民族处于外敌入侵的艰难时期，此时的矛盾属于异常尖锐的敌我矛盾，中华民族面临的是生死存亡的危难，诗人在此时表现社会现实的同时更多的是爱国主义激情的涌流，此时期的抗争激情占了上风。

抗战时期的诗人都是抗战在前线的战士，以笔为刀枪和日寇进行殊死拼搏，当时的社会客观条件下，战争让他们没有时间和精力沉下心来追求纯艺术的诗歌作品，前边提到过，就是曾经醉心于抒写自我的现代派诗人，也告别了自己的过去，舍弃了那种表达个人情感、写生活琐事、写自我个体的风格，取而代之的是以抗战的、民族的、普通民众的抗争生活为根本素材，展现普通大众的欣喜与愤懑，展现普通大众所聚焦的社会现实，并激励和协助普通民众共同进取。诗人是激流勇进、饱经风霜的人，忠诚于志向、忠诚于情感、通达爱恨情仇的人。诗人也和普通人一样，都有个体的情感，都有个体的生活。在抗战的生涯中，随时面对生离死别的选择，随时面对着兴亡盛衰，社会客观环境导致他们表达男女爱情和个体生活情趣的作品少之又少。那不单单是战争的客观现实环境没有提供良好的社会条件，更是因为诗人们把个体的爱延展为爱普通民众、爱祖国、爱同道和爱战士，把个体的悲欢离合融入集体的悲欢离合之中，把一切个体的美满向往、悲痛，强行冷凝在内心深层。胡征写于20世纪40年代第一个春天的《紫花藤》抒情短曲，正是那个时代千千万万个革命者的灵魂最深沉的注释：

我曾怀着稚子的情思

踏着晚春的落日

将紫花藤的花朵摘来

藏入枕边海涅的诗集

灯光下

我痴恋她紫红的颜色

像一朵欲语的云霞

谛视着我

窥探我深深的隐秘

而今天

她纤细的枝条

挡住我的锄头的去路

于是，我挥手将她斩去

连同柔情的记忆抛进崖谷

在她根茎生存的地方

撒下金黄的谷籽

这是抗战时期灵魂的净化，这是硝烟中诗人爱的升华。

诗歌的社会性特点在抗战时期得到了充分的展示。诗歌读者圈在抗战时期是不断扩大的，诗歌的社会影响力逐渐扩大，诗人在创作时也力求让诗歌能够更浓烈地展现普通民众内心的渴望。想要让诗歌在抗战时期发扬更巨大、更干脆的社会宣传作用，就务必让它更亲近普通民众，更易于被读者接纳，所以抗战时期的诗歌就变成了显著的从众范式，充分展示了诗歌的社会性特点。尤其是延安诗歌的从众范式，以普通民众为中心，把"让诗和人民在一起"当作诗的最根本的前进目标，要求诗歌创作选取的素材是普通民众感兴趣的，诗歌作品要展现普通民众的情感思绪，要选取普通民众雅俗共赏的表达形式，使用普通民众通俗易懂的语言，倾向普通民众的接纳习性和鉴赏的品位，以博得普通民众的真正青睐。诗人萧三在《我的宣言》中曾经写道：

> 我的诗诚哉是非常粗浅，
> 只希望读下去，顺口顺眼。
> 不敢说大众化和通俗化，
> 但求其，写出来，像人说话。
> 如认为，不能登大雅之堂，
> 那我就把它们贴在街上。
> 假如是这形式和这内容，
> 读起来，听起来，比较好懂，
> 我宁肯被开除"诗人"之列，
> 将继续这样唱和这样写。

这是诗人的决心和誓言，诗人说出了延安诗人共同的心愿，概括了一代歌者的精神风貌。他们坚定地向普通民众队伍迈进，不愿去登"大雅之堂"，更不怕被开除"诗人之列"，他们决心把诗送到街头，让它和普通民众融合在一起，使普通民众"读下去，顺口顺眼"，他们对诗的要求是"像人说话"。在延安诗人看来，普通民众是诗的欣赏者，同时普通民众也是诗最好的评判者，把诗送到街头、送到普通民众手中是天经地义的事，是"文化回老家"。

由于外敌的入侵，抗战时期民族的向心力和凝聚力得到加强，在民族文化心理上，倾向于发扬民族传统和强调民族特点，因而诗人大多面向本土，注重向传统和民间学习。抗战时期的抗争生活，不单单装备了诗人，也装备了诗歌，诗人成为中华民族争取自由的军号，奏响时代的最嘹亮的声响，整体风格体现出刚健美，一种力度美。抗战时期的诗人，肩负着沉重的时代使命，"他们在敌机轰炸下没有掩蔽的场所写诗；他们在冒着敌人炮火的进军途中写诗；他们在密密的丛林里和高高的山岗上写诗；他们在乡村宣传抗日的土墙上写诗"[1]，难以做到一字捻断三根须。抗战时期的诗篇无不"和日本帝国主义底凶暴的压迫和侵略结合着，和人民底苦难结合着，和人民大众争取民族解放的血泪的斗争结合着"。[2] 胡风在抗战初期写下的《给怯懦者们》《血誓》《为祖国而歌》等诗，表达了中华民族儿女共同的愿望，用深邃的文笔传达出了对祖国的痴爱和誓死抗争的信念。和胡风一样，抗战期间的其他诗人在整个抗战期间创作了许多诗歌作品，歌唱了热血沸腾、豪放壮烈的曲调。他们"和战斗者一起怒吼，和受难者一同呻吟，用憎恨的目光注视着残害祖国生命的卑污的势力，也用带血的感激向献给祖国的神圣的战场敬礼"，他们"希求着把这怒吼，这呻吟，这目光，这感激，当作一瓣心香，射进不愿在羞辱里面苟且偷生的中华儿女底心里"。[3]

---

[1] 艾青：《中国新诗六十年》，《艾青全集》第 3 卷，花山文艺出版社 1994 年版，第 486 页。

[2] 胡风：《论战争期的一个战斗的文艺形式》，《胡风评论集》（中），人民文学出版社 1984 年版，第 17 页。

[3] 胡风：《论战争期的一个战斗的文艺形式》，《胡风评论集》（中），人民文学出版社 1984 年版，第 18 页。

第二节 地质灾害新诗

诗歌由于短小精悍，能够及时反映社会现实生活，因此地震灾害发生之时，诗歌创作层出不穷，表达了对灾民的深切关注，抒发了诗人的同情与悲悯之情。地震灾害发生后，人们内心深处有许多浓烈的感情和深沉的思考需要表达，诗歌的专长就在于抒情，创作时又讲究平仄的韵律，读起来字正腔圆、抑扬顿挫，易于背诵与朗诵。所以地震灾害之后，诗歌便成为最适宜表达情感的介质。在中国历次自然灾害中都能见到诗歌的身影，特别是汶川大地震时期出现了诗歌创作的井喷涌现。

2008年汶川大地震之后，举国悲痛，诗歌自然也深深介入这场国殇之中，各个出版社都以最快的速度推出各种版本的汶川大地震诗集，如聂珍钊等主编的《让我们共同面对灾难》、海啸等主编的《大爱无疆——我们和汶川在一起》、人民文学出版社选编的《有爱相伴》、柳柳等著的《珍藏感动——汶川·生命之诗》、尚泽军的《诗记汶川》、吴兴人主编的《废墟上的升华：汶川大地震新闻时评选》、李瑛等人的《感天动地——汶川大地震诗歌记忆》、珠海出版社主编的《瓦砾上的诗》、刘满衡主编的《国殇》、赵丽宏主编的《天使在泪光中远去》、赵丽宏与吴谷平主编的《惊天地泣鬼神——汶川大地震诗抄》、岳麓书社选编的《五月的殇咏》等等。

20世纪末开始，中国经济开始迅猛发展，从传统的农业向服务业和高科技产业转型，金融、信息、制造业和电子商务等领域不断扩大，经济的迅猛发展导致诗歌始终处于萎靡不振的发展态势。但汶川大地震刺激到普通民众敏感的神经，大批的诗歌作品如泉水般喷涌而出，不管是名家（李瑛、雷抒雁、徐敬业、王小妮、张学梦）还是普通民众，竞相在大众传媒（出版社、报社、电台、网站等）上通过诗歌表达自己对汶川大地震的关注，抒发地震所带来的心灵震惊，挂念罹难的人群，关心和抚慰幸存者的心理和情感，赞颂坚韧的生命，赞扬军民奋不顾身的救援行动，弘扬救困帮贫、张扬正义、生命至上及英雄主义等价值观念。同时也歌颂党和政府迅捷的救灾行动，歌颂伟大的祖国和强大的民族凝聚力，抒发中华民族自豪感。诗歌创作一度叹为观止，有学者把汶川大地震诗潮誉为20世纪中国现代文学史上的"第四次全民诗歌运动"（继五四运动白话新诗、抗战时期的诗潮、"天安门诗歌运动"后的第四次全民诗歌运动）。

《写在大地摇动的时刻》是杨秀丽创作的描写汶川大地震的惨痛景象的一首诗歌，让生于20世纪70年代从未经历过如此自然灾害的诗人深感震惊，一下子从青葱安逸的梦境中惊醒过来，近距离看见了祖国母亲的悲切，可是自己作为一名诗人，又是这么羸弱，做不了什么，只能创作诗歌来安抚祖国母亲那忧伤的内心，给予宽慰。

　　　　　那一刻，我看到灰暗的云朵在天空漫上来，

　　　　　　那一刻，我以为上海的午后要有雨了，

那一刻，我不知道中国的腹地正在崩裂、颤抖！

历史将永远铭记这个黑色的瞬间，

五月的中国啊，天崩地裂，山峦颤动，

有什么无形的东西在摧折祖国母亲的筋脉？

有什么可怕的力量在揉断她的骨骼？

有什么巨大的手在捣鼓她的血肉？

大自然在凶吼！神州硬生生地被震开了缝！

生与死的界缝啊，一道无明的深渊！

世界仿佛进入混沌的末日，

啊，中国！我庄严的国土，

我生息相共的母亲祖国，

为何无数无辜的众生被顷刻带走了？[1]

汶川大地震这类感人的事件还有很多很多，例如，一名男子驮着已逝的爱人回家的画面就感动了成千上万的人，周碧华为此创作了《爱人，搂紧我》，抓住典型的细节，描摹了男子无望的絮语，感情深沉而细腻，表现了人类在地震自然灾害面前的无奈与无助，在一咏三叹中歌颂了至死不渝的爱情。

爱人，我知道你很累

此刻，我们的家已毁

遍地瓦砾掩不了血腥味

---

[1] 杨秀丽：《写在大地摇动的时刻》，《不屈的国魂——汶川大地震诗歌选》，四川人民出版社 2008 年版，第 3-4 页。

可我有宽阔的背呀

爱人，你且好好地安睡

爱人，我知道你很冷

请将我搂紧

我的热血是你最后的体温

爱人呀，你真的睡着了吗

为什么这次睡得这么沉！

爱人，请搂紧我

是否还记得那片小山坡

满山的花偷窥了我们的热恋

你是那最浪漫的一朵

搂紧我呀，别松开！

爱人，我要带你去听歌

天堂的歌声远远地传来

爱人，我的悲伤已成河

今晚的饭菜在哪里

今生再不能枕你温柔的胳膊

爱人呀，搂紧我……[1]

这类诗歌善于运用诗性的直觉，抓住一系列经典的细节，避免空洞的抒情，把诗歌的根深深扎在震撼人心的撕裂的具体细节之中，给人一种视觉与情感上的强烈的冲击。大地震使得汶川大地山河破碎，沟壑肆横，到

---

[1] 周碧华：《爱人，搂紧我》，《汶川大地震诗歌经典》，四川文艺出版社2009年版，第38-39页。

处都是大地震撕裂的伤口，脆弱的生命在大自然灾害的强力面前如此不堪一击。

汶川大地震后生命至上的理念得到高度弘扬，以人为本的观念深入人心。为了表达全国各族人民对"5·12"汶川大地震遇难同胞的深切哀悼，中华人民共和国国务院宣布 2008 年 5 月 19 日至 5 月 21 日为全国哀悼日，14 时 28 分起，中华民族儿女全体默哀 3 分钟，所有的舰船、火车、汽车都共同鸣响，防空警报也同时鸣笛，这是中国历史上第一次为普通国民设立的全国哀悼日。唐跃生的《感动中国》表达了生命的尊荣与人性的光芒，凸显出 3 分钟静默时的细节。

> 这是共和国从来没有过的决定，
> 用三分钟的静默解决伤悲！
> 在公元 2008 年 5 月，用三天的时间，
> 收下所有的泪水。
> 国旗徐徐降下，生命的尊严
> 冉冉升起。为黎民百姓，为罹难的兄弟和姐妹
> 升起来遮天蔽日的人性的光辉。
> 每一寸土地有知，
> 每一个生命都不再卑微。
> 整个中国在默哀，除了爱，
> 再没有别的。
> "中国加油""四川挺住""汶川雄起"，
> "5·12""我要爱"，
> 整个大地都是滚烫的诗句。

　　　　　质朴、鲜红、没有修饰，

　　　　　全部发自内心，虽然

　　　　　都带着挥之不去的疼痛和伤悲。

　　　　　噢，这是多么安静的壮美，

　　　　　举国同悲！

　　　　　是胸前的白色花，

　　　　　像太阳一样永恒，

　　　　　月亮一样妩媚，在每个人的心底

　　　　　绽开纯洁的玫瑰！[1]

　　在极度的悲伤和恐惧中，灾区的儿童心理急需援救。之前我们成人通常会忽视孩童们的情绪以及心理承重能力，单方面反复要求孩童"不要哭""要坚持""要努力"等等，这是有害于孩童们的情绪平复与心理健康的。孙云晓写下了《写给灾区孩子们的心理援助诗》，诗中饱含着对灾区孩童们的关怀之情，有助于灾区孩童们的心理平复，这首诗歌为我们建立了合理的心理援助观念。

　　　　　孩子，如果你想哭

　　　　　就哭吧

　　　　　让悲伤的泪水像滚滚的河流

　　　　　带走你撕心裂肺的悲痛

　　　　　孩子，如果你想喊

　　　　　就喊吧

　　　　　让哀哀的童音响彻云霄

---

[1] 唐跃生：《感动中国》，《国殇》，海天出版社 2008 年版，第 172-173 页。

呼唤在沉睡中远行的亲人

谁都知道

雏鸟还不能独自飞翔

孩子怎能离开父亲母亲

学生怎能离开老师和伙伴

可是

那个天崩地裂的时分

把一切不幸变成了真

孩子，这不是你的错啊

你不必有任何自责

当你深陷灾难的深渊

当你被恐惧和饥饿包围

即使你惊慌失措

也不会有人说你脆弱

因为你毕竟是个未成年的孩子

可你却坚持下来

在漫漫黑暗中迎来黎明

让人惊叹你生命的坚韧

孩子，你可知道

每个人都有两个母亲

一个生你养你

一个终身都在保护着你

如今生你养你的母亲去了

祖国母亲会把你抱得紧紧

孩子，你现在安全了

你的身边有十万大军

那一双双援助的手

就像一望无际的森林

那一颗颗火热的心

都是至亲至爱的天使

孩子，你会好起来的

一切都会好起来的

你喜欢的鸟儿会继续歌唱

你喜欢的花儿会照样绽开

你忠心耿耿的小狗还会跟你走

你的新家会更加牢固和舒适

你的新学校会更加宽敞和明亮

你的老师会更加爱你

你和伙伴都会倍加珍惜友谊

孩子，不要害怕

即使灾难的阴影还会侵扰你的心灵

即使你还会在夜里突然被噩梦惊醒

即使你会莫名地流泪或吼叫

那都是正常的也是暂时的事情

但是请你相信

你不会真的发疯

一切都会慢慢地过去

你会一天天长大

就像小树会长成大树

你或许会惊讶地发现

你的生命是如此顽强

你的人生是如此美丽[1]

汶川大地震之后，有一个新的群体在诗歌作品中首次露面，那就是"志愿者"。在一个特殊的角度，"志愿者"们的活动映射出了一个民族强烈的公民意识和集体精神以及强大的民族凝聚力。"地震的第二天下午，医院出现了第一个抗震救灾志愿者，之后志愿者陆续来到医院，他们中有企业管理人员、工人、在校大学生、高中生、初中生，还有医务人员的亲属和退休人员。"[2]志愿者们的行动和事迹令人感动，当中有奋战一线的"中国首善"陈光标、有身着便装的国家救援队的编外人员陈岩、有驰援都江堰的的哥、有清理尸体的重庆志愿者、有送药志愿小分队队长的浙江老板林云、还有志愿在灾区当交通协管员的沈阳张女士……甚至有一些孩童也自发参加了志愿者活动，期望用自己微薄的力量为灾区尽可能多地做些事情。"在高水社保定点医院，来了两位小朋友，一位是跃进路小学11岁的白婉茹，另一位是高水小学12岁的刘可心。地震后学校停了课，5月13日即地震后第二天，他们便来到医院做起了志愿者。他们从每天早上7点一直干到晚上9点。别看他们年纪小，他们可不是来这里添乱的，看看他们娴熟的动作，活像一名小护士。倒尿盆、洗衣服、做饭喂饭样样都干。"[3]

---

[1] 孙云晓：《写给灾区孩子们的心理援助诗》，http://blog.sina.com.Cn/s/blog_475bl66401009zop.Html.

[2] 上海文艺出版社编：《生命的感动：四川汶川大地震抗震救灾纪实》，上海文艺出版社2008年版，第73页。

[3] 上海文艺出版社编：《生命的感动：四川汶川大地震抗震救灾纪实》，上海文艺出版社2008年版，第73页。

王燕生的《送诗人志愿者赴汶川灾区》真实地再现了"志愿者"在灾区的奉献：

把勇敢和坚定

装满行囊

用无私奉献的精神

把"志愿者"称号

打磨得闪闪发光

出发吧

高举起诗歌的通行证

翻过无家可归的乱石

蹚过悲伤的河流

用你们的双手

多清除些残砖碎瓦

消除灾难留下的阴影

用你们的双手

扶正躺倒的课桌

扶起受伤的琅琅书声

用你们的爱

抚平大地的伤痕

抚慰含泪的心灵

把欢笑还给孩子和老人

把炊烟还给黎明和黄昏

出发吧

当民族出现危难时刻

诗歌从来都不缺席

诗人的花名册

总在尖刀班和敢死队里[1]

汶川大地震之后，抗震救灾工作繁重，民警蒋小娟就让婆婆帮衬着照看孩子，把仅六个月大的儿子送到了乡下老家，自己就天天忙于工作，奔走在灾区。在灾区的帐篷里，她发现有一名婴孩因为母亲还在医院急救中，已然三天奶水未进了，还有几名婴孩每天只能喝一些稀饭和水。她毫不犹豫地拨开上衣给婴孩喂奶，将奶头轻柔地塞进婴儿嘴里喂奶，仅仅两天，蒋小娟就用自己的奶汁援助了八个婴孩。高丹宇的诗歌《警察妈妈》就是专门为这位普通女警创作的，为温热的性情与温厚的博爱奉上了最为动情的颂歌。

震后的江油县地震灾民庇护所

飘散阵阵乳香

一位叫蒋小娟的普通女民警

用母爱的磁场

吸附嗷嗷待哺的嘹亮

温暖的胸膛

融化孤独的坚冰

熨帖孤儿母亲天堂的牵挂

揪心的面庞

你是上苍派来的天使

不然

何以听懂孤儿饥渴的心跳

---

[1] 王燕生：《送诗人志愿者赴汶川灾区》，《汶川大地震诗歌经典》，四川文艺出版社 2009 年版，第 217-218 页。

你是普度众生的观音

要不

怎么熟知初为人母的愁肠

"031526"

让巴蜀大地记住了你的警号

6 位的阿拉伯数字组合

是一脉春水一池碧波

裹挟"5·12"三位数的惨痛

渐次消解为和风细雨

涤荡出一种无畏

拔节成一种坚强

吮吸你母性十足的名字

沐浴金色盾牌的铿锵

从废墟上破土的生命

镀上了金属的光泽和锋芒

警察妈妈

引发中国情感大地震

震中在四川江油

余震持久强烈且漫长

波及每一位善良人的心房

蒋小娟的美丽

就是抗震救灾的形象

蒋小娟的雍容

就是泱泱大国的气量[1]

---

[1] 高丹宇：《警察妈妈》，http://www.poemlife.Com/thread-1-1.Html。

刘功业的诗歌《母爱无疆——致蒋小娟》也是送给蒋小娟的赞歌,蒋小娟的事迹让人不由得想起沂蒙山红嫂这个久违的形象,蒋小娟对灾区婴孩神圣的母爱像极了沂蒙山红嫂的崇高风致。

> 我不能拒绝。有一片海,就汹涌在视野
> 如满弦之月。如白浪踏歌。这片圣洁的佛光
> 这升腾天际的伟大的母爱,让我感动不已
> 我不能否认。有一颗太阳,就是你青春的面庞
> 扑面而来的,是你温暖的笑容,是丰满的前胸
> 是那一片白光中绽放出的东方之美
> 令人惊诧,一下子吸引了全世界的目光
> 你,就是那个叫蒋小娟的警察
> 你,就是那个用乳汁救助震灾孤儿的川妹子
> 世界记住你,是因为你那比蒙娜丽莎更永恒的微笑
> 我记住你,是因为你那和沂蒙山红嫂一样美丽的乳房
> 你,一个普普通通的柔情女子
> 如果不是因为地震,如果不是因为汶川
> 在这举国大殇的时刻,你根本没想到
> 会用这种女人最骄傲的方式,让世界记住了你
> 让中国记住了你,让我记住了你
> 你,只是一个六个月孩子的年轻妈妈
> 乳汁一样汹涌的爱意,充盈着你骄傲的乳房
> 你丰满的胸脯,袒露在这西南大山5月悲情的阳光里
> 袒露得那么多,那么自然,让幸福自然地战胜了悲怆
> 你的怀抱,那么宽广,让这绝情断义的苍天厚土

　　　　一下子失去了分量。却让这些失去了父母的婴儿

　　　依然能够尽情地吮吸，吮吸着一个母亲传达的爱与幸福

　　　　吮吸着可以滋养一生、弥漫永远的乳汁琼浆

　　　5月12日的汶川大地震，让刚刚过去一天的母亲节

　　　　一个歌咏母亲、纪念母亲的幸福日与受难日

　　　伴随着天下母亲的痛苦和悲伤，从此更加刻骨铭心

　　　　我的母爱深厚的沂蒙山，我的亲娘一样的红嫂

　　　　你的母爱深厚的丰乳，你的天地长久的汶川

　　　　　就让这一滴滴乳汁，让这千年万年的柔情

　　　注入一个民族主义生生不息的文明气象。在世界的面前

　　　　丰满着，挺拔着，美丽成两只最美丽的乳房[1]

　　在汶川大地震中，有太多的人把能够活下来的企盼给予了别人，全然无暇顾及个人和家庭的安危。四川省绵竹县西南镇在大地震发生时，镇长付兴和正忙着调度全镇的抗震救灾工作，他无暇顾及被掩埋在学校废墟下的儿子。因为全力以赴冲在一线救灾抢险的工作上，忽视了儿子的伤痛病情，导致儿子最终在医院中死去，儿子是因砸伤引起的呼吸系统障碍而死去。诗歌《父亲的愧疚》表达了父亲对儿子深深的歉疚之情，更是讴歌了一个基层领导干部在地震发生时的责任担当。

　　　　　　高大健硕的身躯

　　　　　能担当安危冷暖的职守

　　　　　却不能为深埋废墟的儿子

---

[1] 刘功业：《母爱无疆——致蒋小娟》，http://culture.people.Cn/GB/40564/7392181.Html。

遮风挡雨

课后有力的双肩

能挽扶摇摇欲坠的家园

却顾不上自家震后凌乱的四壁

救援抢险的官兵还没有赶到

在儿子的废墟旁盘桓片刻

心急火燎的你

便扔下亲情甩手离去

全镇父老乡亲的生命财产

装在你心里

所幸被救出的儿子并无大碍

踝骨以下需截肢

你和儿子互相打气

小事,没问题!

等救灾结束安个假肢

照样帅气

挺男人的儿子

读高中的儿子

太了解你的心思

大难临头

不让镇长的父亲

惦记自己

群众倒塌的房屋急需清理

救灾物资的发放

要挨门逐户严格程序

困难群众的麦子和油菜

还晒在地里

镇区灾情的防范

重伤人员的救治和转移

一件件一桩桩

千头万绪 萦绕心际

进到村 入到户 落实到人

安排具体 不能大意

镇上的事牵扯你太多精力

儿子的伤情却引发呼吸不畅

终因你不在身边

失去最佳治疗时机

而长眠不醒永远安息

儿子临终 表情安详

面带微笑 静静离去

他为自己有这样一个大爱的父亲

心存自豪满怀敬意

儿子走了

镇上的干部群众

见你比以前工作更卖力

隐忍的你

是用加倍的挥汗如雨

而忘掉悲伤

而掩饰痛失爱子的重重一击

在抗震救灾现场

在恢复生产一线

你平静得仿佛什么都没有发生

在夜阑更深之时

在无人注意之际

你悲情汹涌滂沱泪雨

为撂荒的父爱

为疏忽的体恤

无情未必真豪杰

怜子如何不丈夫

镇长 父亲 丈夫

的多重身份

令你做出感天动地的舍取

大家与小家 个人与集体

在人民公仆的心里

分得清轻重缓急

面对妻子的埋怨

和一个母亲的悲戚

愧疚的你

悄悄拾起被震碎在地的全家福

紧紧抱起你的女人相拥而泣

终于道出了那句

久藏心头的话语

儿子

爸爸对不住你[1]

---

[1] 高丹宇：《父亲的愧疚》，http://www.poemlife.Com/forum.Php?Mod=viewthread &tid =210552。

由于汶川大地震发生时孩子们正在上课，学校的灾情尤其严重，老师们面临着生死抉择的严峻考验。一些老师身上瞬间勃发出的耀眼的崇高之美，震撼着众多的读者。固守在平凡的三尺讲台上，涌现出了谭千秋、王周明、向倩、袁文婷、周汝兰等一大批英模形象，用个体宝贵的生命与博大的爱创作了一首首崇高的教师之歌。在大地震到来之时，谭千秋老师慌忙张开双臂架在书桌上，牢牢地把学生护在了身下，孩子们活下来了，而谭千秋却奉献了自己无价的生命。

> 张开双臂
> 竖起大爱的旋梯
> 躬身为巢
> 守护惊恐的羽翼
> 让生命攀缘生命
> 让果敢抵挡不期
> 四个生命复活了
> 你却长眠于废墟
> 不死的背影
> 灼痛共和国的记忆[1]

有感于"四川绵竹汉旺镇东汽中学废墟中，一个死难学生的手中紧握着笔"，在钢筋水泥的丛林中，无辜的生命在萎缩中死去，盛开的理想在凋零中消失，周碧华创作的《那只手，那支笔》，把最为美妙的、最为苦痛的、最为悲戚的几个对立因素融合在诗中，围绕"手"与"笔"两个核

---

[1] 高丹宇：《谭千秋》，http://poemlife.Com/thread-8847-1-1.Html。

心意象，赞扬了学生们的抗争与坚毅，读后不禁令人潸然泪下，表达了诗人对罹难孩子深沉的哀思之情。

> 孩子 生命的最后一刻
>
> 那支笔被你攥出了泪滴
>
> 你对生命的渴望
>
> 让活着的人不敢呼吸
>
> 那支笔是幸运的哟
>
> 与你的手一起构成壮美的景致
>
> 孩子 我知道你不想松开
>
> 作业本上还有一道未解的题
>
> 那一刻 我听到你的骨骼吱吱作响
>
> 柔嫩的身体压满了钢筋和水泥
>
> 那支笔在痛苦地痉挛
>
> 那支笔像你一样没有哭泣
>
> 大难临头你仍然没有放弃
>
> 那支笔是你抵抗死神的武器
>
> 可以抛却生命却不可以抛却知识
>
> 孩子哟 那堆废墟因你充满了生机[1]

同样是悼念罹难的孩子，邹旭的《哭泣的书包》用拟人手法，以书包的口气表达了对小主人的思念之情。书包始终在寻觅昔日那熟识的娇嫩的双肩，最终只能变成了没有主人的书包，逗留在废墟里守护着主人，永远和小主人一起安眠在地下。

---

[1] 周碧华：《那只手，那支笔》，《不屈的国魂——汶川大地震诗歌选》，四川人民出版社 2008 年版，第 14-15 页。

啊！你！

温暖的脊背

稚嫩的肩头

从此不能高兴

背着我

往学堂的路上走

我！

成了没人背的书包

……

我哭泣你的灵魂

你的灵魂哭泣我

没让背着的书包

在大地深处寻找

寻找曾经的脊背

啊！你！

一个没人搭理的书包

一个满脸灰尘的书包

一个只能哭泣的书包

伏在母亲背上

无力走出废墟

和你一起在地里安息！[1]

　　大地震中也有许多孩子因为老师舍生忘死的救护而得以生存，张米亚

---

[1] 邹旭：《哭泣的书包》，《惊天地泣鬼神——汶川大地震诗抄》，华东师范大学出版社2008年版，第93页。

老师就是这样一位天使般的老师，在汶川县映秀镇垮塌的镇小学教学楼的一角，当救援队员们吃力地赤手搬开坍塌的建筑杂物时，他们骇然地看着眼前的一幕：在废墟上，一名男老师跪着，双臂正牢牢地环抱着两个学生，就像一只展翅翱翔的雄鹰。两个孩子活了下来，而那只"雄鹰"却已没有了气息。他就是该校的小学老师张米亚，年仅 29 岁。由于他紧抱孩子的手臂已经僵硬，救援人员只能含泪将其锯断，然后把孩子救出来。诗人有感而发，创作了《摘下我的翅膀，送你去飞翔》，向张米亚老师英勇的行为致敬。

亲爱的孩子，不要哭泣

摘下我的翅膀，送你去飞翔

在雷鸣电闪山崩地裂中，

灾难摧毁我们的校园

不怕，有我

我就是你们生命的雄鹰

张开我有力的翅膀

来为你筑起温暖的阳光

亲爱的孩子，不要哭泣

摘下我的翅膀，送你去飞翔

在杂乱的残垣断壁中

你们并不孤寂

不怕，有我

请相信未来

灿烂的明天又会回到巴蜀大地山川

在那时，到处都是花儿开放的气息

亲爱的孩子，不要哭泣

摘下我的翅膀，送你去飞翔

我也将去往天堂的路上

请你们原谅

我们未尽的师生情义

请看看吧

那些帮助我们血浓于水的解放军

是他们用血肉铸成了我们胜利的城墙

亲爱的孩子，不要哭泣

摘下我的翅膀，送你去飞翔

不是我不坚强

丢下你们独自离去

只是因为天堂太美丽

为了让你轻松的成长和站起

我必须折断我的双臂

那是我摘下的翅膀

我要用它

送你们去自由自在去飞翔[1]

四川省德阳市汉旺镇中学老师谭千秋，在教学楼坍塌之际，趴在书桌上敞开双臂护下了四个学生，学生活下来了，他却因此奉献了个体珍贵的生命。胡有琪的诗歌《谭千秋老师，废墟中的最后一课》书写了谭千秋老

---

[1]《摘下我的翅膀，送你去飞翔》，http://bbsl.people.com.Cn/postDetail.Do?Id=86361337。

师用老师的职责为学生撑起了坍塌的天空,抒发了对老师的崇高敬意。

在你的面前

所有的颂语媚言都变得苍白、无力

你用唐诗宋词做骨

认认真真地写了四个字:我是老师

然后,你就做了一个老师应该做的事

用老师的风范撑起坍塌的天空

在 2008 年一场大地震中

上完了自己人生的最后一课

比"最后一课"中的老师还要老师 还要形象

之后 你和所有废墟中的灵魂一起悄悄悄悄地

赴死神之约

你没有动人的遗言

你没有响亮的口号

你怕 怕惊动身下的孩子

你怕 怕孩子们只有书包无法取暖

你怕孩子们知道你走了

会哭

四个有幸的孩子

在你的良心里安全地避难

被你的良心安全地救活

他们见证了一个普普通通的老师却是神的化身

他们知道 老师未说出口的话就是要他们好好读书

有老师在道就不会灭

有老师在再大的灾骨却不会酥

不能不为你哭　尽管你希望天天看到孩子们笑

不能不为你鼓掌　尽管我也最讨厌死后才为英雄鼓掌

已无法和你握手

但我不能不和你握手

你的最后一课

真真正正地令活着的老百姓感到　令中国的父母感到

谭千秋老师　一千年你都是我的道德文章

一千年你都是中国人不折不扣的老师

老师　你走好啊　你走好

天堂的学生也在等你呀　正在等你……[1]

在汶川大地震发生时，四川省什邡市红白中心小学教师王周明，箭步如飞般扑向前去把一个女生推向了教室外边，自己则被粗壮的水泥大梁撞碎了颅骨。

本应成为储存知识

启迪智慧的堡垒

同三尺讲坛一起

在阳光和鸟语下

涂染每一幅簇新的图画

拔节每一株嫩绿的梦想

孰料却连同身躯

---

[1] 胡有琪：《谭千秋老师，废墟中的最后一课》，《惊天地泣鬼神——汶川大地震诗抄》，华东师范大学出版社 2008 年版，第 142 页。

在灾难临头之时

一同交付给天空和大地

高扬的师魂

在人们的心头

傲然挺立[1]

在地震降临之际，四川省什邡市龙居小学英语老师向倩，一手抓紧一个孩子拼命朝教室外边跑，教学楼忽然塌陷，她和几个孩子被埋在了教室的废墟中，身体被截成了两截。

如歌的青春

如花的年龄

在突如其来的灾难中

轰然断裂

和你一同踏上天国的路

你遇难的学生

便不再孤单

你用拼死的义举

向人们诠释

何谓休戚与共

何谓生死不离[2]

四川省什邡市师古镇中心小学教师袁文婷平时喜欢旅游，在地震发生时，一次次冲进险境，用柔弱的双手把学生从三楼抢救下来，在最后一次冲上三楼时，楼房完全垮塌了。

---

[1] 高丹宇：《王周明》，http://www.poemlife.Com/thread-8847-1-1.Html。

[2] 高丹宇：《向倩》，http://poemlife.Com/thread-8847/1/1.Html。

美丽瘦弱的你

让人顿生怜爱之心

震灾降临时

何来撼天的勇气和毅力

一次次冲进险境

让幼小的生命

在你的废墟上

开出灿烂的花朵

这样你可以开怀地去

云游四方

探访足迹尚未抵达

用心灵去丈量的每一寸

祖国的土地 [1]

彭州市红岩小学幼儿园教师周汝兰，地震发生时曾四次冲进教室，推搡拉扯孩子逃离险境，眼看教室就要倒塌，她把最后一个孩子揽入怀中冲出了教室，一下子扑倒在地，最终班上 52 名孩子全部获救。

四次冲刺

与时间赛跑

为生命接力

五十二羽美丽的凤凰

在你坚毅的推搡拉扯下

击退死神

---

[1] 高丹宇：《袁文婷》，http://poemlife.Com/thread-8847/1/1.Html。

浴火重生

你的身躯是梧桐

栖息道义、责任和真理

大爱无边

一个勇于将生死置之度外的师者

我们有理由做这样的预期

桃李不言

下自成蹊[1]

尽管自然灾害丛生，但灾难中依然有人性的闪光，依然能够表现出强大的民族凝聚力，这是中华民族能够走过灾难、承受苦难、生生不息的原因。但是，近几十年来，全球现代化的高速发展大大激化了人类与大自然的冲突，全球的人类在畅享现代化带给人类的便捷的物资和硕果的同时，也品味到了损毁环境所带给人类的一次又一次的恶果。近几十年，自然灾害频繁发生，此时人类才察觉高科技和理智并非全能的。高丹宇在《北川印象》中认为，由于人类过量的劫掠式的开掘与不受约束的索要，致使暴怒的高山与震怒的地壳协力执导了一次人世间的惨案，期望这次惨痛而极具覆灭性的自然灾害足以刺痛中华民族的警醒，足以能够深切内省人类与大自然这个永久的议题。

---

[1]《废墟中，他们用生命铸师魂》，http:www.Poemlife.Com/thread-8847-1-1.Html。

青山对峙

碧水中流

烟雨蒙蒙之中

大禹的子民

用双手垒砌的文明

在狭长的谷底

错落川北明珠的旖旎

山体塌落

楼宇倾覆

万户萧疏之间

地震的淫威

用丧心病狂的肆虐

在废墟的土壤

种植千年古邑的叹息

一切仅仅是瞬间

繁华美丽不再

喧嚣熙攘不再

车流人潮不再

过往尽成追忆

羌族人的山歌

流淌成苦涩的泪滴

静静的栀子花

摇曳血色黄昏的死寂

治水的先祖能驯服滔天巨浪

神禹的后裔却挡不住来自地底

哪怕一丝的暗流袭击

掠夺式的开采

无限制的索取

隐忍的人山联手地壳的愤怒

导演了这幕人间惨剧

坐在龙门山断裂带上的北川

早已将地质学家的预言

置若罔闻

尘封忧虑

多少亿可改迁重建一个县城

多少亿能唤醒前仆后继的麻痹

废墟下的北川

躺在瓦砾上的北川

紧攥人自然永恒的话题

以惨烈的毁灭

灼痛一个民族的警惕[1]

---

[1] 高丹宇：《北川印象》，http://www.poemlife.Com/thread-8847-1-1.Html。

第三节 生物灾害新诗

2003 年，正当人们都期盼着广交会的来临、期待着经济快速发展的时候，中国却遭遇了一场前所未有的非典事件大挑战，考验着中国政府和人民如何去处置这一重大的生物灾害，全世界都在关注着中国。非典事件是指一种重度的急性呼吸系统方面的综合征。2003 年 1 月在中国广东省被发现，很快蔓延到东南亚以及全球，一直到 2003 年的中期，这次生物灾害才被慢慢祛除，非典是一次蔓延至全球的流行症疫潮。在此期间发生了一系列事件引起社会恐慌，包括医务人员在内的多名患者死亡，世界各国对该病的处理，疾病的命名，病原微生物的发现及命名，联合国、世界卫生组织及媒体的关注，等等。

2003 年 1 月 21 日，钟南山担任广东省省级非典型肺炎治疗救援专家指导小组组长，带领专家组赶到中山市，对三十几个病人进行会诊和抢救。春节过后，广州形势变得严峻，并且不断出现医护人员被感染的情况。酌量到垂危患者具有较强的传染性，理应聚集在一起进行医疗，钟南山积极向广东省卫生厅请战："把最危重的病人往我们医院送！"那时的钟南山院士已经 67 岁，但是面对"怪病"，他毅然决然、逆水行舟，"医院是战场，作为战士，我们不冲上去谁上去？"随着广州地区发病人数越来越多，市民开始出现恐慌情绪。2月11日，在广东省卫生厅的新闻发布会上，钟南山笃定地说道："非典型肺炎并不可怕，可防可治可控。"人们紧张的情绪终于开始安定下来。最终，中国人民在政府的强力指导下，战胜了非典事件，交出了满意的答卷。非典事件过后，一些作家有感于非典事件时期的见闻，创作了一些描写非典事件时期普通民众的感情与生活的诗歌作品，表达了诗人自己对于非典事件的看法。

诗歌《战争》中表现了非典事件时期中国形势的严峻性和普通民众抗争到底的决心。

硝烟

飘过细长的针尖

拼杀

在病毒的隔离间

素色的战士

身体倒下

眼睛却依然睁着

非典的手

在世界的围剿中

遏制成攻关的利器

就在红十字的旗帜下

我们听见了

激情而又响亮的

冲锋号角

用爱的宣言

切断流动的病原体

用预防的护堤

把信心刻在

打赢战争的高地上 刻在

每个人的心上[1]

《口罩》则表达了非典事件期间中华民族团结一致、抗击非典事件的决心。

精密的网

以隔离的方式

呵护着生命里活跃的盐

让侵袭 肢解 和死亡

远离眼睛 远离

阳光下最动人的微笑

柔软的网喘息着

让一张张唇翼

避开恐怖的阴霾

城市霓虹的倒影里

---

[1]《战争》，https://kuai.so.com/b8dc21c25d97e94cfcc7e478427b2290/wenda/Selected abstracts/www.51dongshi.com?src=wenda_abstract。

我看见血脉的原色

一如殷红的花朵

在大地上开放

一朵 一朵 又一朵

在病魔肆虐的日子里

在抵卸非典风暴的屏障里

在决断必胜的意志里

口罩 延续着一种

感动和关怀[1]

在《保卫健康》中我们能看到中国的普通民众为了全民族共同的健康

和未来，都积极行动起来。

当突如其来的非典杀手

潜入这片清新的大自然 潜入

这个孕育着现代文明的星球

世界的主题

便在每个人的心上 写下了

四个大字

保卫健康

---

[1]《口罩》，https://kuai.so.com/b8dc21c25d97e94cfcc7e478427b2290/wenda/Selected
abstracts/www.51dongshi.com?src=wenda_abstract。

从一双手开始

在流水的动作里

洗去残留的毒液 洗去一种

不经意间的侵袭

让眼睛的督查

驱散心头的乌云

这是前所未有的阳市

一场健康保卫战

在全民的预防意识里打响

关爱 坚强和意志

成了生命里

最鲜亮的旗帜[1]

邓维善的诗歌《冲锋在没有硝烟的临床上——致敬"改革先锋"钟南山》，表达了全国人民对钟南山院士在非典事件期间勇于担当崇高精神的赞美之情："伸出一双有力的手／抚摸受伤的呼吸／以大爱仁人之心／接近即将燃烧的火／面对瘟疫 面对死神／在没有硝烟的临床上／在生与死的较量中／在破冰之旅的征途里／只有勇气和智慧在冲锋"，在国家、民族遇到危难之时，正是这么多的像钟南山院士的勇士们挺身而出，让我们渡过一次又一次的难关。

---

[1]《保卫健康》，https://kuai.so.com/b8dc21c25d97e94cfcc7e478427b2290/wenda/Selectedabstracts/www.51dongshi.com?src=wenda_abstract。

2003 年的春天

莫名其妙的非典疫情

肆虐在中国的大地

春天 没有了温暖

冰冷的死亡数字在上升

感染者与人之间

是冰山与火山的距离

慌乱在民间蔓延

乌鸦在天空盘旋

果子狸在逃窜

医者钟南山

伸出一双有力的手

抚摸受伤的呼吸

以大爱仁人之心

接近即将燃烧的火

面对瘟疫 面对死神

在没有硝烟的临床上

在生与死的较量中

在破冰之旅的征途里

只有勇气和智慧在冲锋[1]

诗歌《敬礼》表达了对无畏的白衣战士的崇敬之情,白衣战士把爱化

---

[1] 邓维善:《冲锋在没有硝烟的临床上——致敬"改革先锋"钟南山》,https://www.sohu.com/a/283141621_120056478。

为大海的水，把消毒的隔离间化为战斗的疆场。他们的意志比险峻的高山更高大，比坚硬的钢铁更钢铁，比神圣的伟大更伟大。

真诚的心

以一只手的方式

齐眉而立 敬礼

无畏的白衣战士

用无边的感激谱成曲子

为你们唱响

这个季节里

最美丽的歌

敬礼

面对一张张疲惫的脸 面对

呵护生命的目光

我们用泪水祝福

好人一生平安 祝福你们

凯旋

围剿 SARS 的战斗正酣

这是光荣而又神圣的时刻

敬礼

战斗的勇士们

敬礼

人民心目中

最可爱的人[1]

非典事件时期，全国严阵以待，在《立夏》到来之际，看到胜利的曙光：

立夏 立在清凌凌的风中

就是生动的蝉鸣

立在阳光下的倒影里

就是七彩伞羽的美丽

立在夏意的脸上

就是扼住 SARS 咽喉的季节

这个夏天

空气中弥漫着非常的悬浮物

城市的心律里

不能忘怀的感动

成了眼睛里开放的花朵

人心的力量

让抗击 SARS 有了

生命的誓言

立夏 如鼓的蛙鸣

击碎了夏夜里

宁静的波纹

起早的人 一拨又一拨

---

[1]《敬礼》，https://kuai.so.com/b8dc21c25d97e94cfcc7e478427b2290/wenda/Selected abstracts/www.51dongshi.com?src=wenda_abstract。

迎着立夏的黎明 抢占着

新的高地[1]

中国最终能够取得抗击非典事件的胜利，除了千千万万"钟南山院士"的勇于担当，还离不开一位位普通医务工作者的付出，《护士长日记》表达出工作在一线的一位普通医务工作者的心声：

心情的写真集

以日记的方式 感动着

每一双眼睛 震撼着

每一颗跳动的心

非常的日子里 充盈着

非常的爱意

一页页汉字

解读着岁月里的日日夜夜

解读着 一段段

平凡里不平凡的人生

是鲜血凝固的歌词

是真爱结晶的温暖

是硝烟下流淌的记忆

是宣言下播放的

---

[1]《立夏》，https://kuai.so.com/b8dc21c25d97e94cfcc7e478427b2290/wenda/Selected abstracts/www.51dongshi.com?src=wenda_abstract。

抗击 SARS 的

喋血正传

此刻 真情的日记

正以手的姿势

轻轻推开了 一扇

与我们零距离接触的

心灵的窗口[1]

《孩子 你长大了》写出了一位妈妈在医务工作的一线对孩子的思念之情，就是这样一位普通的妈妈，在祖国需要自己的时候，为了大家舍弃了自己的小家。

孩子 你长大了

可你永远还是妈妈眼睛里

最珍爱的宝宝

知道今夜发生的事吗

短暂的离别 是为了

永久地在一起 孩子

别忘了妈妈教你的

健康歌谣

记往 妈妈是位

与死神 与病魔交锋的战士

---

[1] 《护士长日记》，https://kuai.so.com/b8dc21c25d97e94cfcc7e478427b2290/wenda/Selectedabstracts/www.51dongshi.com?src=wenda_abstract。

就在今夜

妈妈用一颗真爱的心

驱逐了死神的临近

一位 SARS 病人

他的新生的花朵

很快就会在

阳光下开放

这是妈妈的骄傲

也是你的骄傲

孩子　你长大了

能听到妈妈的声音吗

妈妈想你

妈妈不哭

妈妈是健康的

妈妈是平安的

孩子　你长大了

亮出除魔的刀柄

挑开非典的毒瘤

一双双手　扼住

罪恶的咽喉

东西南北中

张开的网　撒向

污水流动的方向

出击 出击

医学上的刀光箭影

解剖着一场

从未有过的战争[1]

在非典事件期间坚持在一线工作的不仅仅是医务工作者，还有记者。为了能够让全国人民及时了解生物灾害的发展状况，缓解灾害期间的紧张情绪，勇敢地奔走在一个又一个隔离点，与患者面对面交流，他们的勇敢换来了普通民众摆脱恐慌之后的情绪稳定，换来了全国的稳定发展。

面对 SARS 他们

是记者 更是一名战士

透彻的记录

真实的报道

往往让人们的眼睛

深思出一种

冷静的光芒

在一个焦点访谈的栏目里

循着记者的足步

我们走了进去 走进了

隔离的病房

---

[1]《孩子 你长大了》，https://kuai.so.com/b8dc21c25d97e94cfcc7e478427b2290/wenda /Selectedabstracts/www.51dongshi.com?src=wenda_abstract。

用我们探寻的目光

与一位 SARS 病人

面对面地交流

此刻　紧张与不安

以及恐惧与死亡　季风一般

渐渐离我们远去

飘临在我们头顶上方的　是一朵

洁白的祥云[1]

普通医务工作者和记者们以及其他志愿者的付出终于迎来了胜利的曙光，《出院》让非典事件永远成为过去式。

枯萎的花

被阳光照亮

水样的脸上

荡漾出妩媚的笑纹

如今的你

口罩不再是病毒的象征

快活的翅膀

早已从眼睛里飞出

邂逅 SARS

一段抗争的历程

---

[1]《记者》，https://kuai.so.com/b8dc21c25d97e94cfcc7e478427b2290/wenda/Selected abstracts/www.51dongshi.com?src=wenda_abstract。

让你的感悟

凝成了恋恋的泪水

出院的路

在相握的手中延长

此刻正值夏日的边缘

芳香的语言

很快上升为

生命的旗帜

铭刻心怀的

总是那些

不眠的记忆 [1]

非典事件期间的诗歌不仅仅表现非典事件期间形势的严峻和中华民族团结一致抗疫的坚强决心，也不仅仅表现中国人的奉献精神，更表现出了生物灾害期间老百姓的温情，艰难时期，这份温情犹如春天的阳光，温暖着我们，让我们坚信，中华民族的人间温情犹如长江黄河，千百年来，无论经历了什么，始终流淌，永不停歇。经历过非典事件的人对于生物灾害，至今记忆尤深。

手的磁性

眼睛的光芒 以及

---

[1]《出院》，https://kuai.so.com/b8dc21c25d97e94cfcc7e478427b2290/wenda/Selected abstracts/www.51dongshi.com?src=wenda_abstract。

血脉的幅射力

以感天动地的科学方式

穿过非典的肺叶　穿过

岁月里艰难的季节

非典的肺叶

是一种条件下

随风而长的叶

就像流动的水唇　吞噬着

传播城市的叶脉

星辰的门扉里

在警惕的命题下　我们蓦然看见

悄悄潜入的

肺叶的芽

此刻　出手的利器正在飞跃

穿过非典的肺叶

让轰然的爆鸣

除去有毒的部分　吸收

岁月里的阴霾[1]

在这样生死存亡的危及时刻，《女孩的生日》和《婚礼》让我们深切

感受到永不泯灭的人间温情。

---

[1]《穿过非典的肺叶》，https://kuai.so.com/b8dc21c25d97e94cfcc7e478427b2290/
wenda/Selectedabstracts/www.51dongshi.com?src=wenda_abstract。

灿灿的烛光里

快乐的乐曲冉冉升起

像一缕黎明的阳光

擦亮了女孩的眼睛

感怀的泪 花朵一般

开放在非典时期的这个夜空

女孩的生日

与 SARS 战斗的间隙里来临

祝福的掌声

是所有白衣战士 送给她的

特殊礼物

这是一个 与 SARS 病房

只有一墙之隔的地方

远离亲人的女孩

把一份成熟

留在战场上

把一份感怀

以成长的方式

刻在心里 [1]

---

[1]《女孩的生日》，https://kuai.so.com/b8dc21c25d97e94cfcc7e478427b2290/wenda/Selectedabstracts/www.51dongshi.com?src=wenda_abstract。

网络的传递

将两颗互爱的心

定格在这特殊的时刻

SARS 病毒 无法阻挡

甜蜜的爱情

向着父母

向着非常时期的爱情

也向着所有祝贺的人们

一鞠躬 二鞠躬 三鞠躬

英俊的新郎 甜美的新娘

把爱情的手臂 挥舞成

相吻的翅膀

此刻 他们互动的眼睛

都在为对方鼓励 为对方

支撑着信心和力量

就在这个不眠的夏夜

就在抗击 SARS 的最前沿

那间小小的居室 便成了新娘

独享的婚房

非常的婚礼

让许多 SARS 病人 得到了

润心的喜糖[1]

---

[1] 《婚礼》，https://kuai.so.com/b8dc21c25d97e94cfcc7e478427b2290/wenda/Selected abstracts/www.51dongshi.com?src=wenda_abstract。

突如其来的非典事件，虽然直接受到危害的人数不多，但是在中国引起的恐慌却不小，非典事件带来的恐慌却也不全是坏事，能够引起安居乐业许久的中国人的惊醒，《珍爱生命》，居安思危。

悠悠的岁月

漂洗着天空和大地 却漂不去

流淌的血脉 漂不去

盈盈涌动的生命之源

就在一个繁华的春季

悄然潜入的 SARS

再一次把生命的主题

推上了挑战的境地 推上了

兵刃相见的擂台

脆弱的生命从此不再脆弱

因为生命已经成了

阳光的一部分

因为吸收 SARS 的唇翼 成了

珍爱生命的利器

因为生命已被凝固成

这个星球上最卓越的

不可战胜的力量 这力量

足以让生命之外的任何东西

化为腐土和泥沙

科学的蓝天里

一双双手　正在放飞

生命的翅膀[1]

中华民族的团结一致与抗争精神最终让中国战胜了非典事件:

《走出阴霾的季节》

沉沉的心思　已被

晴空里的阳光照亮

花朵的芳香　风一般

飘向紧闭的门扉

走出阴霾季节的人们

开始以喜悦的方式

把轻松写在大地上　写在

口罩上的彩色图案里

高山　流水　翠绿　妍红

季节的返青

一如鲜活的鱼

在清凌凌的风中　舞蹈出

妩媚而又动人的

---

[1]《珍爱生命》, https://kuai.so.com/b8dc21c25d97e94cfcc7e478427b2290/wenda/
Selectedabstracts/www.51dongshi.com?src=wenda_abstract。

流动的花纹

当 SARS 病毒 攻克成

护卫健康的标本

阴霾的季节

便同时成为 岁月里

遥远的记忆[1]

战争灾害、地震灾害没有亲身经历过，虽然经常在课堂上讲授战争灾害诗歌和地震灾害诗歌，强调灾害期间诗歌所发挥的强大的社会宣传作用，但并未引起过内心深处强烈的情感共鸣。而非典事件是自己亲身经历过的，每每在情绪即将崩溃的边缘读到诗人的诗歌，诗人对生活的细微体察、对生命的热爱、对祖国人民的关爱无不牵动着读者的情感，增添努力活下去的勇气。特别是在经受病痛折磨之时，读到这些令人振奋的诗歌，病痛好像减轻了许多。非典事件让我深切体会到诗歌强大的力量，也明白了像田间的《假如我们不去打仗》这些诗歌在战争年代为什么能够引起那么强烈的读者共鸣与社会反响。

---

[1]《走出阴霾的季节》，]https://kuai.so.com/b8dc21c25d97e94cfcc7e478427b2290/wenda/Selectedabstracts/www.51dongshi.com?src=wenda_abstract。

第四章

中国新诗灾害叙事建构的文学之"虚拟"

前边提到所谓文学的"虚构",是相对已经发生的历史事件的阐释而言,并不仅仅局限在字面意义的虚构上,自然灾害的文学书写多采用历史基线上的作者的主观发挥:包括文学创作中所采纳的艺术修辞,例如抒情因素和想象的参与等。

那中国灾害新诗在文学"虚构"方面具有什么特点呢?首先,具有时效性,时效性是指同一个东西在不同的时空中拥有极大的属性上的差别,我们就把这种差别性叫时效性。时效性影响着决策的生效时间,时效性决定了决策在特定时间内是否有效。其次,具有宣传性,灾害新诗创作的目的就是广而告之,要让更多的普通民众了解灾害程度以及发展等相关信息,以便及时做出应对措施。再次,具有苦难性,无论是战争灾害,地震灾害,还是生物灾害,都会给普通民众带来肉体及精神的苦难,苦难叙事是灾害新诗最为突出的特征。最后,具有统一性,真正能够引起普通民众共鸣的灾害新诗,是那些充实的内容与精湛的艺术相统一的诗歌作品。

第一节 时效性

时效性经常在新闻传播领域出现,新闻的时效性,是指新闻真相的产生和作为新闻加以报道的时间,与新闻在播出之后致使接受者触及和生成社会现实成效两者之间的关联性,新闻引发的接受者触及和生成社会现实成效具备一定的时空限定，通常来看，事务性新闻在较短时空内就可能会丧失时效，非事务性新闻在较长时段内才有可能丧失时效。时效性会遭受现实生活和信息传播科学技术的牵制。快与鲜是时效性的基石，慢与陈的新闻不可能有令人满意的时效性。为什么灾害新诗也需要时效性呢？因为既是灾害，多是事发突然，战争灾害或许预兆明显一些，时间也稍长一些，地震灾害有预兆，多是时间太短，生物灾害预兆时间或许长一些，但是多是隐蔽性强，有一定潜伏期，就像前几年的非典事件。

可以以一位诗人的创作具体了解一下灾害新诗的时效性特征。就是战争灾害时期的诗人艾青的诗歌作品，艾青是高产诗人，具有强烈的社会责任感，密切关注战争形势的发展，心系普通民众的生命安全，在灾害时期创作了一首又一首脍炙人口的诗歌作品。他追求诗歌的真、善、美，给予处于危难中的普通民众强大的精神支撑，正是因为拥有众多的强烈社会责任感的作家们的存在，中华民族团结一致渡过一次又一次的难关，至今仍屹立于世界。

艾青的诗歌表现出灾害新诗的时效性特征，精准地表现出了时代的延展倾向，表达了他对社会现实的时效把握。艾青说："我们是悲苦的种族之最悲苦的一代，多少年月积压下来的耻辱与愤恨，都将在我们这一代来清算。我们是担戴了历史的多重使命的。……我们写诗，是作为一个悲苦的种族争取解放、摆脱枷锁的歌手而写诗。"[1] 源于如此的创作原动力，

---

[1] 艾青：《诗与宣传》，《艾青全集》第 3 卷，花山文艺出版社 1994 年版，第 77 页。

艾青诗歌作品中所展现的各种情感特征和思想理念，必然具有一定的时效性和社会历史的真实性，艾青的诗歌自始至终是他那个"伟大而独特的时代"的赤子。感悟着那个时代的脉息、聆听着那个时代的声音，紧随着时代的步伐，沉雄而别样地高歌着那个时代的乐曲，这是艾青诗歌最与众不同的风格。他当时说过："每个日子都带给我们的启示，感动和激动，都在迫使诗人丰富地产生属于这个时代的诗篇"。"属于这伟大和独特的时代的诗人，必须以最大的宽度献身给时代"[1]。他写道：

> 没有一个人的痛苦会比我更甚的——
> 我忠实于时代，献身于时代，而我却沉默着
> 不甘心地，像一个被俘虏的囚徒
> 在押送到刑场之前沉默着
> 我沉默着，为了有足够响亮的语言
> 像初夏的雷霆滚过阴云密布的天空
> 舒发我的激情于我的狂暴的呼喊
> 奉献给那使我如此兴奋，如此惊喜的东西
> 我爱它胜过我曾经爱过的一切
> 为了它的到来，我愿意交付出我的生命
> 交付给它从我的肉体直到我的灵魂
> 我在它的前面显得如此卑檄
> 甚至想仰卧在地面上
> 让它的脚像马蹄一样踩过我的胸膛（《诗与时代》）

----

[1]艾青：《诗与时代》，《艾青全集》第3卷，花山文艺出版社1994年版，第68页。

　　艾青自始至终亲近那个时代，讴歌那个时代，舍身于那个时代，用个体所有的热忱、炙热的芳华和全部人生。中国 20 世纪 40 年代，是一个弥漫着厄运与悲催人生的年代，但是诗人艾青始终笃定自己正立于一个历史新时代的门坎上，所以他运用诗歌这一艺术形式，惊心动魄地及时地重现了他那个年代的社会现实生活和众多悲惨的人生状态，持之以恒地探寻中国的命运和出路。艾青对于中华民族苦难的关注、对于志向和美好的渴求连同浓烈的爱国主义情感，自始至终纵贯于他的所有诗歌作品。对于中华民族解放与中国人民解放战争，他托付出了"最真挚的爱和最大的创作雄心"。

　　抗战时期有艾青的诗歌作品与普通民众相伴，共同走过了受外敌入侵的至暗时刻。非典时期，由于病毒传播速度极快，中国在抗击病毒期间国家措施得当，普通民众积极配合，中华民族团结一致，最终战胜了病毒。在非典期间，我们敬仰医务人员们的奉献精神，我们敬佩奔赴在生物灾害前沿的志愿者们，我们也敬佩在生物灾害期间以诗歌作品为武器给予我们精神力量的诗人们。

第二节 宣传性

文学作品往往能够引发社会对一些社会问题的关注与思考，起到宣传作用，进而推动社会的改变。通过文学作品，作者可以虚构的方式揭示社会的弊端和不公平，引发读者的共鸣并让他们思考和行动，达到宣传的目的。

首先，通过灾害新诗，读者能够了解到灾害时期普通民众生活的社会客观景观的艰难，作者通过艰难的生活状态揭示了社会的弊端与不公，达到了宣传的目的。

刘半农的《相隔一层纸》可以说是用白话文写出的古诗中"朱门酒肉臭，路有冻死骨"的现代诗篇。1917 年已是第一次世界大战的后期，这场战争一方面暴露了帝国主义的残酷与衰弱，一方面表现出劳工运动的强大，特别是前苏俄的工农革命更是震撼了整个世界。在这种历史背景下，各种要求改变旧秩序的思潮相继涌现并传入中国。此时为救亡图存而进行探索的中国的志士仁人，望见了曙光，意识到了中国社会的变革并非不可能。五四运动文化与文学革命的倡导者们正是抱着改变中国现状的强烈信念去热情工作的。这种精神体现在他们的新诗创作中，就不仅仅是描述一下客观景观，而更是要寄托着某种变革的思想。在新诗中，对中国社会现状的不公正进行谴责的、要求改变社会现状的思想尤为明显，具有极强的社会宣传效果。

徐志摩的《大帅》把军阀混战时期军阀草菅人命的残暴作风通过士兵的对话做了真实的刻画，战死的士兵尸体胡乱堆在一起被掷进坑里边，就直接被埋在战场上，都不拉回去让亲人认领尸体："大帅有命令以后打死了的尸体／再不用往回挪（叫人看了挫气），／就在前边儿挖一个大坑。／拿瘪了的弟兄们往里掷，／掷满了给平上土，／给它一个大糊涂，／也不用给做记认，／管他是姓贾姓曾！"还美其名曰是为了士兵的亲人考虑，免得见到尸体伤心难过："也好，省得他们家里人见了伤心：／娘抱着个烂了的头，／弟弟提溜着一支手，／新娶的媳妇到手个脓包的腰身！"在大帅的眼中，士兵的生命如草芥，既然没有了利用价值，便弃之如敝屣。军阀混战时期战争使得人们朝不保夕、流离失所，大帅又如此漠视士兵的生命，读者读到此处，无不悲愤交加，充满愤激之情。

闻一多的《死水》全篇才思如泉涌，运用了大量意象，极具浓烈的色彩和画面感，这就使得诗歌具有了丰富的画面感和广阔的想象空间，在意象提供丰富的想象构成内部结构的同时也兼顾了诗歌外在结构的美，内外兼修的艺术美感大大增强了社会宣传效果。主体意象"死水"特指当时的社会环境，没落的社会政治体制如同一潭死水了无生机，已经走到毁灭的边沿。理解了"死水"这一主体意象，后边的意象内涵也就不难理解了，"也许铜的要绿成翡翠，铁罐上绣出几瓣桃花；再让油腻织一层罗绮，霉菌给他蒸出些云霞。让死水酵成一沟绿酒，漂满了珍珠似的白沫；小珠们笑声变成大珠，又被偷酒的花蚊咬破。"这两节的意象都特别美，"翡翠""桃花""罗绮""云霞"每每引起读者美好的想象，但是，铜锈的"翡翠"、铁锈的"桃花"、油脂的"罗绮"和霉菌的"云霞"，闻一多在此运用了"反讽"手法，这些美的意象表现的恰恰不是美的景象，而是"绿酒"上边飘着的"白沫"与"大珠"，随时被"花蚊咬破"，是虚幻粉饰的镜花水月，随时消失。一系列意象组成的美好的虚幻景象正好与主体意象"死水"相契合，生动形象地勾画出当时的社会生活环境，引起读者共鸣，引发读者思考，达到宣传的艺术效果。

如果说闻一多的《死水》是意象组成的社会环境的形象化描写，王亚平的《农村的夏天》则是具体展示了抗战时期的客观景观，深切表达了战争给人们带来的灾难，引起读者强烈的情感共鸣，达到宣传的目的。夏天正是农忙的时候，农民应该正忙着在地里耕田插秧的时候，但是因为战争，地里"没有人耘田，也没有人插秧"，人们"为了活"不得不逃离家乡，奔涌在逃荒的人流中。地里荒草杂生，路上拥挤着逃难的人流，对战争无声的控诉引起读者强烈的共鸣。

牛汉的《落雪的夜》中"寒冷"这个表感觉的词在诗中缩减了抒情主体和抒情对象之间的距离，写出了战争时期的中国的"寒冷"的客观景观，引发读者思考，达到宣传的艺术效果。诗中写到夜晚雪悄然落地没有声响，沉寂中掩藏着压抑。在这样落雪的静寂的夜里，动（雪落）静（夜）巧妙组合在一起，在引起读者强烈的阅读欲望的同时，更重要的是为全诗的氛围营造出了意未表白而境先生成的意境。《落雪的夜》这首诗分为两小节，第一节是"我"，第二节是"祖国"，两小节由"寒冷"作为连接，使"寒冷"具有了由客观景观到主观感受转变的极大艺术张力。第一节写了诗人个人现实生活层面的客观景观的"寒冷"；客观景观之后，诗人笔锋一转，从"我"转到"祖国"的"寒冷"，"我"的"寒冷"是由于贫穷在下雪天买不起木炭取暖造成的，那么祖国的"寒冷"是因为什么呢，引发读者深思。

在艾青抗战诗歌作品中，为了能够衬托出北方村庄的萧索、衰败的抗战时期中国的真实的社会客观景观，白色、灰色这类冷色调频繁露面，大多汇聚在土地类意象中，如北方、道路、旷野、土地，其黑、白、灰黄、灰白等冷色调是诗歌作品的主色调。《雪落在中国的土地上》这首诗歌的主体意象"雪"开启了读者回忆的大门，变幻成大脑中的清晰可见的画面，抽象言语的诗便变成了可视性的具体的形象：一幅白皑皑的雪景客观景观——"雪夜的河流""雪夜的草原""广阔而又漫长"的"雪夜"。而这想象出来的雪景图又与具体的传统国画中的荒芜高远的意境大相径庭，通过意象与暗喻，它变成了一幅"苦痛与灾难"的现代雪景客观景观，故而完成色调与内心的协作影响。"雪落在中国的土地上／寒冷 在封锁着中国呀……"是艾青的《雪落在中国的土地上》这首诗全文的主体色调，全文以白色、灰色的冷色调为主色调，使全文的色调与诗歌的主旨、诗人的心绪相协调。

"山崩地裂、江河折断、巨石倒倾"，"一层断墙、一片碎瓦"，"甚至两行热泪，以及被埋在黑暗中的／再也触不到的指尖和体温"，李小雨的《记住汶川：十四点二十八分》记录了 2008 年 5 月 12 日 14 时 28 分 4 秒发生地震时的客观景观，在第一时间给普通民众带来强烈的心理冲击与震撼，激发了诗人强烈的写作冲动，把自然灾害猝不及防的惨烈客观景观呈现在读者面前，由此可见，自然的博大与随意，生命的渺小与脆弱，灾难的突发与偶然，在此相遇产生激烈碰撞，由此突显自然灾害给普通民众造成的心理创伤更为深重，特别是在和平、稳定、祥和年代。当时全国各地的人们通过《记住汶川：十四点二十八分》了解到汶川大地震的悲惨现状，纷纷伸出援助之手，帮助汶川人民共渡难关。

其次，通过灾害新诗，读者可以了解到灾害时期人们生活的苦难，以情动人，引发读者的共鸣并让他们思考和付出行动。

由于洋布大量侵入中国市场，中国的土布卖不出去，官府又支持洋货，不仅扣下土货还要征收大量捐税，织布者最终只能落个布被充公、人坐牢的凄惨后果。织布人家尽管日夜勤劳，却依然缺衣少食，刘大白的《卖布谣》用生动真实的画面表现出小手工业者在外国资本主义侵略和国内封建势力的双重压迫下的苦难生活。作品中所表现的破坏性客观景观下普通民众生活的苦难具有普遍的典型性，所以作品内容具有现实生活的深刻概括性，真实展现了小手工业者悲惨的生活现状，表现出新诗运动初期一部分诗人的现实主义创作倾向。同时期，朱自清的《羊群》表现出作者对被压迫、被残害的弱小者的同情，以及对残害弱小者的恶势力的愤慨。《羊群》用象征手法写出了普通民众在当时黑暗统治之下的艰难生活，形象地描绘出一幅弱肉强食的残酷画面，普通民众弱小无权无势，只能像羔羊一般任恶狼般的权势任意宰割。《卖布谣》和《羊群》都深切表现出军阀混战时期普通民众的苦难生活，引发读者强烈的情感共鸣和思考，旨在通过宣传最终引发普通民众的抗争行动。

徐志摩的《大帅》，通过两个掩埋尸体的士兵的对话，真实地表现出军阀混战时期士兵们的悲惨生活状态："瞧我这一抄，抄住了老丙，／他大前天还跟我吃烙饼，／叫了壶大白干，／咱们俩随便谈，你知道他那神气，／一只眼老是这挤：／谁想他来不到三天就做了炮灰，／老丙他打仗倒是勇，／你瞧他身上的窟窿！——／去你的，老丙，咱们来就是当死胚！"三天前还在一起喝酒的两个人，今天却天各一方，一个人在掩埋另外一个人的尸体，尽管大帅视士兵的生命如草芥，但是士兵"打仗倒是勇，／你瞧他身上的窟窿！"越发凸显出士兵命运的悲惨。接下来，更为凄惨的场面出现："'嘿，三哥，有没有死的，／还开着眼流着泪哩！／我说三哥这怎么来，／总不能拿人活着埋！'——／'吁，老五，别言语，听大帅的话没有错：／见个儿就给铲，／见个儿就给埋，／躲开，瞧我的，欧，去你的，谁跟你啰嗦！'"还没有死就被同为士兵的同伴活埋，一句"听大帅的话没有错"，道出了本质所在，布置掩埋尸体任务时大帅应该特意交代过，没有死但是伤得严重的也要埋掉，因为已经失去继续打仗的利用价值，引发读者的深思。

江易的《这一刻的凝重》，表达了汶川大地震之后给普通民众造成生活的苦难，地震之后，汶川的民众"那一刻的凝重与疼痛／撕裂了亿万人民揪紧的心"，地震之后带给民众的是增添了孤儿，校园没有了以往琅琅的读书声，城市失去了笑声和歌声，地震带给汶川的普通民众，不仅仅是家园的失去和亲人的死去，更多的是心理的严重创伤和苦难感，需要地震之后更长时间的弥补："一些呻吟，一些坚强／以及那一些求生的欲望……心痛，浓缩成这三分钟的凝重／有一些人哀婉的吊唁／还有些人在默默祝福、默默挂念[1]"。

再次，通过灾害新诗，读者可以了解到灾害时期人们不屈的抗争精神，以情动人，引发读者的共鸣并让他们思考和付出行动。纳入诗人创作思维的不仅仅是对灾害事件的破坏性客观景观的展示，也不仅仅是表现出破坏性客观景观下人们生活的苦难。如果仅是展示主客观的苦难，诗歌也就失去了它的社会宣传的作用，纳入诗人创作思维的更多的是在灾害的逼迫之下，人们顽强的抗争精神。

宗白华的《乞丐》，写了一位乞丐，尽管生活在苦苦煎熬之中，却依然怀有一颗爱美之心，走在"蔷薇的路上"，"手里握着花朵"，而且"口里唱着山歌"，如果"明朝不得食，／便死在蔷薇花下"。乞丐热爱生活，拥有乐观的精神，这个乞丐应该是心中有理想，眼中才有光，才能够发现生活中的美，才有力量与命运进行抗争。在乞讨的艰难生活中，依然能够发现生活中的美，内心存有命运不公的抗争精神，宗白华的《乞丐》应该也会有一个美好的未来。

闻一多的《口供》中，诗人贯穿诗中的强烈的爱国心清晰可见，读者可以看到诗人的近代民主思想，这种思想是双重文化影响的结果，是在

[1] 江易：《这一刻的凝重》，《汶川大地震诗歌经典》，四川文艺出版社 2009 年版，第 55-56 页

中华民族传统文化熏陶下而形成的民族精神和受西方文化影响而形成的思想。同时，读者也看到了中国封建社会时期文人孤傲的影子和西方资产阶级绅士闲雅的影子，如果诗人仅仅自足于此而止步，就不可能有足够的勇气敢于面对当时真正的社会现实。但是，诗人最终摆脱了内心深处对于当时社会现实幻美的想象，勇于迈出了前进的第一步，他首先深刻解剖了自己肮脏的灵魂，看到自己受封建和资产阶级文化影响的异常可怕的一面"可是还有一个我，你怕不怕？——苍蝇似的思想，垃圾桶里爬"。这也就是鲁迅在自我解剖时所说的灵魂深处的"鬼气"和"毒气"。

臧克家的《古树的花朵》中的爱国的英雄范筑先，在紧要关头毅然决然选取了抵御外敌的中华民族求解放的抗争之路，出于对国家和人民的挚爱，宁可抗命，也要为了中华民族的独立而进行不懈的抗争。当山东主席韩复渠这个"不抵抗将军"强令范筑先舍弃辖制地区聊城，撤退到黄河以南的时候，范筑先最后违抗号令，固守聊城，抗争到最后，这部分在诗歌中极为震撼人心。最初时，范筑先困于军人的天职是服从的保守思想，选择服从命令往南撤离。部队大张旗鼓向南挺进时，他在队列中随同，但是内心经受着良心鞭打的极度煎熬，他不敢与他的战士们对视，他深切感触到战士们愤懑地逼视着自己的目光，在指责他在民族存亡的危急关头不去抵抗外敌，却决定选择逃避。撤退到黄河边上，等待渡船继续南撤时，他独自一人站在大堤上，遥望黄河，范筑先的内心历经了多次猛烈的挣扎，最终选择率领部队返回聊城坚守阵地，他火速给韩复渠打电话坚定告知："我决定回聊城，／那里有我的老百姓，／我要守住我的防地，不然，我就为它死！"并发下"誓死不渡黄河"的抗战急电，来告示全国，即刻返回聊城去展开游动作战，在紧要关头，爱国的英雄范筑先毅然决然选取了抗争之路，激励了一个又一个战士。

1939 年的秋天，当时正在桂林的艾青，受邀到湖南新宁县衡山乡村师范学校任教。新宁县一派田园风光，似乎远离抗战烽火，诗人一边欣赏着令人心醉的田园风光，一边感受着民族存亡的时代脉搏，并没有沉溺在美好风光之中，时刻关怀着天下兴亡的大事。《树》中朴实平易的诗句中具有客观景观的高度概括力："一棵树，一棵树 / 彼此孤离地兀立着 / 风与空气 / 告诉着它们的距离。""但是在泥土的覆盖下 / 它们的根生长着 / 在看不见的深处 / 它们把根须纠缠在一起。""但是"，一个转折，把读者目光由地上转入地下，诗歌深刻的寓意清晰可见，"根须纠缠在一起"，这首诗不仅仅是客观景观的写实，而是在写中华民族的生存状态和精神状态。诗人的概括极为精准，那个时代，中华民族处于水深火热之中，长期的阶级压迫，普通民众过着饥肠辘辘的艰难日子，长久的被奴役的生活，导致普通民众心灰意冷。普通民众仿佛都是彼此孤立的，仅仅在为个人的生存而苦苦挣扎。社会的表象，就像自然界中地上生长的一棵棵孤离兀立的树的客观景观，但是，中华民族有着强大的凝聚力，就犹如地下树的根须，中华民族的历史与现实都证实了这一点。当遇到压迫的时候，特别是民族危亡的时刻，贫寒的普通民众——中华儿女必然会联合在一起，进行决死抗争。诗人深深懂得中华儿女，通达中华民族强大的凝聚力，故此，在看到一棵又一棵树的时候，在想到"根须纠缠在一起"的时候，自然而然地想到了中华民族强大的凝聚力，在外敌入侵、中华民族危亡之际，中华儿女定能团结在一起，为争取民族独立而共同抗争。

艾青的《他起来了》蕴含的丰富历史和艺术美对于读者来说极具震撼力，真正地显示出了抗日战争初期中华民族奋起抗争的决心和勇于牺牲的精神。《他起来了》中没有空幻的诗句，没有抽象的概念，没有颓废，也没有喟然，每一句诗句，只有肃穆与庄重，只有笔直地站立着的坚持不懈的士兵。肃穆与庄重，最能够体现出抗战时期的社会特征和诗人的特殊心态。在中华民族危急时刻，赤诚的诗人，无不全力以赴，自觉地为全民族独立而急切呼号。《他起来了》的整体艺术审美特点无不凸显出强烈的雕塑感，这不仅仅因为它的语言的厚重，更是诗的意象的深度和空间感所决定的。《他起来了》全篇充满了激情和热血，它为文学画廊塑造了一个时刻准备进入生死搏斗的民族英雄形象。诗人没有采用一个装饰性的文字，全诗质朴无华，但是所有的文字内涵又都是铁质的，血质的，不可动摇的。这些常见的近乎口语化的平凡的文字，并不是诗人刻意从万千汉语词汇中选择出来的，它们是从诗人创作活动过程之中自然生成，是只属于这首诗的，感觉不出它们是日常生活中常见的那些词汇，甚至感觉不到任何文字雕琢的痕迹。《他起来了》是一尊巨大英雄塑象，只能用庄严与凝重的犹如岩石般的文字创作来进行雕琢，流动的轻巧的文字是不能用来雕塑这个巨人的，庄严而凝重的诗句使得它能够经得住时间的剥蚀风化，它站起来了，就不会再倒下，"他"永远屹立在读者的心中。

　　《吹号者》是艾青用淳朴的笔触，诗人写下一曲昂扬的赞歌，一曲吹号者的牺牲英雄的赞歌。吹号者死得无比悲壮，一直到"被一颗旋转他的心胸的子弹打中了"，才肃然地倒下，然而他的号声却并没有终止，诗的最后两段达到高潮，吹号者的英雄形象得到了永生，吹号者和映着血和阳光的号角永远留在了读者脑海中。《吹号者》全篇都是真挚情感的细节描写，没有抽象主观的想象，是诗人在抗战中的人生经验的凝结，融入了诗人特定的历史时期的真切的悲情、痛楚和希翼，以及诗人对英雄的崇敬之情。读者在当代的和平幸福的现实生活中是几乎听不到号声了，但是，如钟声和某些铃声，与我们读者的人生、心灵有着亲密的关系，世界上这些读者经常能够听到的声音，如果失却了它们，读者就会感到某种深深的缺憾。虔诚的敲钟人在高耸的钟楼上敲响钟声，钟楼上摇晃着的刻有铭文的大钟，以及那回响不断的深沉的钟声，永远会留给读者心灵一种静穆的感觉。战争年代里，吹号者总是挺拔地站在高处，异常肃然而静穆，吹号时他的目光如炬，表情和姿态屏气凝神。吹号者用整个生命与热血来吹号，传给战场上的每一个战士，号声传到战场极远极远的地方。在战争年代，号角和军旗都是一个部队的象征，是部队绝不可少的。但是号角从来不是让人用来顶礼膜拜的，它是现实的，它的声音永远充满对生命的希翼与热忱，千千万万个战士的内心都仿佛与弯曲的铜号同舟共济，并伴随着号声的节奏，战士们汇成了不可抵制的力量。在《吹号者》中，诗人塑造了一个吹号者的英雄形象，这是一个浸染着斑斑血迹的铜号的象征形象，这个形象至今留在读者脑海中，让读者在今天仍然能够清晰地听到那号声，那曾经唤醒了一个民族并鞭策这个民族奋发图强的号声。像吹号者的号声一般，艾青所写的每一句诗，都有看不到的斑斑血迹，抗战时期，艾青的《吹号者》《他死在第二次》《向太阳》《雪落在中国的土地上》以及《虎斑贝》等诗都渗透出诗人心灵深处的斑斑血迹，艾青是一位不惜奉献自己生命的诗歌创作的"吹号者"。诗的最后两节使这首诗的壮烈情感达到了神圣的精神境地，艾青用淳朴的笔调写下一曲吹号者不惜献身的高昂的英雄赞歌。吹号者死得壮烈，一直到"被一颗旋转他的心胸的子弹打中了"才肃然地倒下，然而号声并没有因为"吹号者"的献身而停止，最后两段诗使英雄形象"吹号者"得到了永生，吹号者和映着血和阳光的号角永远定格在读者脑海中。"听哪，那号角好像依然在响……"

雷抒雁汶川大地震期间创作的《追赶时间》，事发突然，尽管事件异常紧急，尽管困难重重，但是，强烈的社会责任感不容战士退缩，凭借坚定的信仰与顽强的毅力，战士们终于到达了目的地，展开了紧张的营救工作，"快，再快点／前边就是绵竹、茂县／前边就是汶川、北川……"，诗人发自肺腑地赞美人民的英雄。一场突发地震自然灾害凸显出人民子弟兵的高大与价值，深情唱出了人民子弟兵英雄群像的赞歌。

王久辛的《高贵的爬行》赞颂了冲在赈灾前沿的抢险英雄，为了抢救灾难中的普通民众，英雄不惜牺牲自己的生命。抢险者全神贯注感受着生命的存在，"你的心感应到了地层深处的心跳……靠近 每一寸里都包含着瞬间的生死"，争分夺秒、竭尽全力抢救一个又一个鲜活的生命，尽管抢险工作异常艰难，"你爬着爬出满脸的泪　在地狱的边沿儿横流／你爬着爬进渴望的眼睛　在魔窟的深处张望"，抢险者却不愿意放弃每一个生命，"你义无反顾　是爬进地狱抢险的勇士／你出生入死　是冲入魔窟救人的英雄……你爬着爬成勇敢的诗　爬成无畏的音符／把救人的爬行　变成对人朝拜的神圣／也把自己的人生　爬成了高贵和永恒……"

邹旭写于汶川大地震期间的《一只手》："这只手啊，它理应属于未来／所以，当它战胜死神／从废墟中伸出来"写出了地震灾害亲历者在面对死亡之神时的抗争，对于生的不懈努力，"从废墟中伸出来／瞬间就点燃了我的眼睛"，"这只手啊，它理应属于未来"，正是自小就具有这种顽强的民族抗争精神，中华民族才能够屹立于世界而不倒。北塔的《拳头》比邹旭的《一只手》所表现出的在地震灾害面前，亲历者对于生的渴望更为强烈，读者读后无不被那份渴望所震撼到。

> 这只从废墟里猛然伸出来的手
>
> 伸出来就是拳头
>
> 像一棵草顶破了石头
>
> 像一面旗帜探出窗口
>
> 从红肿到惨白
>
> 沾满了尘埃
>
> 血都流尽了
>
> 却依然没有松开
>
> 生命已经失去
>
> 但对生命的热爱

却依然在掌心里

像寒冬里的一只烤红薯

被紧紧地握着

握着

紧紧地

这紧握的拳头

犹如鼓槌要擂向大地

这指向苍天的拳头

一旦击出

就绝不缩回[1]

最后，通过灾害新诗，读者可以了解到灾害时期英雄们的故事，以情动人，引发读者的共鸣并让他们思考和付出行动。在自然灾害和社会灾害中，中华民族因强大的凝聚力和顽强的抗争精神，最终都获得了胜利，这也是中华民族屹立于世界而不倒的原因。在中华民族不断的抗争过程中，在取得胜利的艰难过程中，产生了很多英雄，对于英雄的赞颂自然而然也出现在诗人的创作思维中。

郭沫若的《天狗》这首诗全篇的抒情主体都是"我"，李欧梵曾经说过，这么不断一再地运用"我"揭开了"郭沫若的思维态势在于强调主体自我的全能"。"我"成为当时反封建思想的新文化倡导者的典型代表，是反封建的英雄，具有无穷的力量，"我是一切星球底光，／我是 X 光线底光，

---

[1] 北塔：《拳头》，《汶川大地震诗歌经典》，四川文艺出版社 2009 年版，第 13-14 页。

/ 我是全宇宙底 Energy 底总量！"我们能够在那些新文化倡导者笔下，如陈独秀、胡适、李大钊、鲁迅、茅盾、巴金、曹禺等作家的笔下看到一系列"我"的形象。新文化运动激活了一场抨击中国国民性的批判运动，这场风潮也促成了民族新人的典型塑造。周作人在《人的文学》中重新定义"人"为"一切生活本能，都是美的善的，应得完全满足"。认为人的内在精神力量可以"转换一种新生命"，并将人的最终理想生活提高至"道德完善"与"使人人能享自由 真实的幸福生活"。[1] 显而易见，通过这种辩证思维的方式，我们便能够在"我"的自我形象塑造过程中，窥探到郭沫若所拥抱的"光、热与能量；快速度、高声音和强热能"的现代精神，以及中国现代知识分子在世纪转折之际的宏大理想。但是，当"我"宣布"我便是我呀！"这一历史时刻的自我重塑之后，在身体内聚集的一股创造力并未停止，不单如此，所建立起来的"我"——新生自我是作为这一创造力的终极目的。"我"继续沉醉于自我力量的强大，激情与骚动把"我"推向了"我的我要爆了！"的分界点。

最后一句可以说是全诗叙事的点睛之笔，道出了诗人面对客观世界时的基本态度。诗歌从开头第一句，就把作为叛逆角色的"我"看作叛逆形象"天狗"，"天狗"把"日、月、星球、全宇宙"全部吞入自己的体内，从而身体内聚集了"全宇宙的光、热和总能量"，由于是在"高声音，快速度与强热能"的驱使下进行的"我"体内的自我蜕变，所以"我"便完

---

[1] 周作人：《人的文学》，《新青年》，6 卷第 10 号 （1918 年 10 月 15 日）。

成了对自我的重塑过程。但是,"我"体内"在燃烧,飞奔,狂叫"的"光,热和能量"并不能在这种创造性行为中完全被消耗掉,因此,重塑出来的自我不得不爆炸,或称之为自我扬弃。自我化解与反自我的背离行为昭示了自我意识的觉醒的真相,如果没有经历自我形象的重塑,就不可能完成比自我重塑更宏大的任务。就像郭沫若在《我是个偶像崇拜者》中所表现的破 / 立思想那样:"我崇拜偶像破坏者,崇拜我! / 我又是个偶像破坏者哟!"正是这种"不断地破坏!不断地创造,不断地努力哟!"的创造 / 破坏的辩证思想,使得郭沫若诗中"双重身体"所生出的"双重世界"最终变成一个真实的客观世界,"表现自我,张扬个性,完成所谓'人的自觉'",抗争封建思想完成了最终的胜利,"我"自然成为抗争封建思想的英雄的典型代表。

艾青 1937 年 10 月创作的《他起来了》中蕴含的丰富历史和艺术美对于读者来说极具震撼力,真正地显示出了抗日战争初期中华民族奋起抗争的决心和勇于牺牲的精神。《他起来了》中没有空幻的诗句,没有抽象的概念,没有颓废,也没有喟然,每一句诗句,只有肃穆与庄重,只有笔直地站立着的坚持不懈的士兵。肃穆与庄重,最能够体现出抗战时期的社会特征和诗人的特殊心态。在中华民族危急时刻,赤诚的诗人,无不全力以赴,自觉地为全民族的独立而急切呼号。《他起来了》的整体艺术审美特点无不凸显出强烈的雕塑感,这不仅仅因为它的语言的厚重,更是因为诗意象的深度和空间感所决定的。

过去有个别评论者认为《他起来了》是一首失败的诗,说它尽管章法比较完整，字句经过锤炼具有一定诗意，但是这些空洞的、排比的诗句，阻断了感情的喷涌。这个论断未免有失偏颇，没有从那个时代的严峻社会条件和诗人当时的心态和意图来理解这首诗。《他起来了》全篇充满了激情和热血，它为文学画廊塑造了一个时刻准备进入生死搏斗的民族英雄形象。诗人没有采用一个装饰性的文字，全诗质朴无华，但是所有的文字内涵又都是铁质的、血质的、不可动摇的。这些常见的近乎口语化的平凡的文字，并不是诗人刻意从万千汉语词汇中选择出来的，它们是从诗人创作活动过程之中自然生成，是只属于这首诗的，感觉不出它们是日常生活中常见的那些词汇，甚至感觉不到任何文字雕琢的痕迹。《他起来了》是一尊巨大英雄塑像，只能用庄严与凝重的犹如岩石般的文字创作来进行雕琢，流动的、轻巧的文字是不能用来雕塑这个巨人的，庄严而凝重的诗句使得它能够经得住时间的剥蚀风化，它站起来了，就不会再倒下，"他"永远屹立在读者的心中。

《吹号者》是艾青创作于 1939 年 3 月的一首诗，"吹号者"是最早被黎明惊醒的人，黝黑的一片天空下，他挺立在高处，把希望与光明一起吹送到静谧的远方，力争让每一位战士都能够听到他的号声："他最先醒来——/ 他醒来显得如此突兀 / 每天都好像被惊醒似的，/ 是的，他是被惊醒的，/ 惊醒他的 / 是黎明所乘的车辆的轮子 / 滚在天边的声音。"流动而盘旋的号声是吹号者的心声通过号管带着深情一泻而出的，是带着吹号者被惊醒时的强烈震撼的，三个持续加强的音量和感情重量的"惊醒"形成一波高似一波的旋律，这旋律正是诗人创作时在心灵上引起的强烈的颤动，是对黎明充满强烈预感的颤动。

第二节令读者感受更为深切，这一节诗里吹号者的高尚的情感深深打动了读者。从诗中，读者感受到了中国的命运和中华民族的危难，"吹号者"的精神境界都给予了读者极深的鼓舞和启迪。不但使读者懂得了生命的价值，还懂得了诗人都应当是"吹号者"，诗人有向人间通知黎明到来的社会职责。像吹号者的号声一般，艾青所写的每一句诗，都有看不到的斑斑血迹，抗战时期，艾青的《吹号者》《他死在第二次》《向太阳》《雪落在中国的土地上》以及《虎斑贝》等诗都渗透出诗人心灵深处的斑斑血迹，艾青是一位不惜奉献自己生命的诗歌创作"吹号者"。诗的最后两节使这首诗的壮烈情感达到了神圣的精神境地，艾青用淳朴的笔调写下一曲吹号者不惜献身的高昂的英雄赞歌。吹号者死得壮烈，一直到"被一颗旋转他的心胸的子弹打中了"才肃然地倒下，然而号声并没有因为"吹号者"的献身而停止，最后两段诗使英雄形象"吹号者"得到了永生，吹号者和映着血和阳光的号角永远定格在读者脑海中。"听哪，那号角好像依然在响……"

王久辛的《高贵的爬行》赞颂了冲在赈灾前沿的抢险英雄，抢险者全神贯注感受着生命的存在，"你的心感应到了地层深处的心跳／地层深处爬着你勇敢的心跳／你的心跳顶着坍塌的危险向另一个心跳／靠近 每一寸里都包含着瞬间的生死"，争分夺秒、竭尽全力抢救一个又一个鲜活的生命，尽管抢险工作异常艰难，"你爬着爬出满脸的泪 在地狱的边沿儿横流／你爬着爬进渴望的眼睛 在魔窟的深处张望"，抢险者却不愿意放弃每一个生命，"你义无反顾　是爬进地狱抢险的勇士／你出生入死　是冲入魔窟救人的英雄……你爬着爬成勇敢的诗　爬成无畏的音符／把救人的爬行　变成对人朝拜的神圣／也把自己的人生　爬成了高贵和永恒……"为了抢救灾难中的普通民众，英雄不惜牺牲自己的生命。

苦难是灾害新诗的底色，但人性始终是灾害新诗所要表达的核心。灾害苦难的底色给了文学与历史互动的自由，使得它们互为镜像，以不同的方式完成了对客观事件——灾害的记录。新诗的关注点在人和人的内心世界，灾害新诗虽需重点描写灾害，但是否能够准确把握住普通民众在灾害中的生存样态和普通民众在灾害中的内心活动直接决定了一首灾害新诗的高度与深度。中国灾害新诗中的人性命题，展露出了两种人性样态：光辉与变异。灾害新诗表现了灾害的两重性作用，即一方面灾害带来了苦难与创伤，另一方面灾害也表现出人们不畏艰难困苦、顽强不屈地与社会和自然灾害作抗争的伟大精神。

第三节 统一性

灾害新诗作品中，真正能够打动读者内心、引起读者强烈情感共鸣的是那些内容、主题与艺术相统一的作品，接下来就以艾青和臧克家的作品为例，解读灾害新诗中的优秀作品。

首先，艾青和臧克家在诗歌创作过程中都追求"实"，真实地表现现实生活，他们是时代最忠实的代言人。文学作品最终在文学史上的地位的高低，就取决于它的内容映射社会现实生活的真实与否，艾青与臧克家都持有相同的艺术理念，他们"大胆地感受着世界，清楚地理解着世界，明确地反映着世界"。[1] 我们纵观艾青 20 世纪 40 年代的创作，纵观臧克家的创作，整个给读者一种"实"的境界。艾青与臧克家的诗歌精准地映射出了时代的延展倾向，展现了他们对社会生活的真实感悟。

艾青与臧克家的诗歌，社会现实性强，时效性强，不虚夸，不浓艳，苦难体悟透彻，情感至诚深邃。他们要运用他们的诗歌作品来召唤能够召

---

[1] 艾青：《论抗战以来的中国新诗》，《艾青全集》第 3 卷，花山文艺出版社 1994 年版，第 171 页。

唤的精魂，寻觅能够相互映照的精魂。对于艾青与臧克家来说，如何生存与如何写诗早已彻底交融在一起，这是一种人生醒悟的创造，它与为钱财、为利欲而创作的故作姿态和枯燥无味是不可相提并论的。艾青与臧克家既有博大的胸襟，又有生命的深隧的体悟和圆满的诗歌的修养，因此他们既能够洞察文化的积淀和生命的真义，能够锐利地察觉到时代脉息的律动，又能够在极深的本质上展现出时代的思想与风范。在抗战前夜（1937 年 7 月 6 日），艾青写下的《复活的土地》就预警了抗日战争的发轫："我们的曾经死了的大地，／在明朗的天空下／已复活了！／——苦难也已成为记忆，／在它温热的胸膛里／重新漩流着的／将是战斗者的血液。"这种预言在第二天就被证实了。在抗战无比艰辛的阶段，艾青与臧克家抱着根据社会现实生活开展透彻归纳的灼见，抱着对中华民族解放的决胜的期待，向"远方的沉浸在苦难里的城市和村庄"散出了"黎明的通知"，故而预警了中华民族解放战争最终的成功。尤其是《火把》《向太阳》《他起来了》这几首"高度表现了现实的，表现了战斗的英勇与坚强的，深刻的，感人的诗"，在那个时期赋有极为典范的价值。《火把》是一曲抗战年代表现革命青年的道路的青春之歌；《向太阳》歌颂了中华民族于危难时迸发的同仇敌忾的意志和献身精神；《他起来了》反映了中国人民从屈辱和压迫中奋然崛起，"必须从敌人的死亡，夺回来自己的生存"的坚定信念，表达了中国人民对民族解放的向往。这些诗歌作品，对那个时期还处在麻痹状况中的普通民众，对那个时期还在交叉街头踟蹰不前的英年知识分子，美学地而不是观念地指定了一条革命是当时变革社会的唯一的途径，这些诗歌作品在当时鼓舞了很多青年，引导青年踏上了救亡与革命的征途。明显与一般人不同，艾青和臧克家与他所处的时代紧密相连，他们是那个时代的感悟的预言家，他们通过诗歌表达出了他的感悟，这种感悟对于普通民众而言，都是新奇鲜活的，富有启迪作用的。

那个浩大而别样的年代，激发了艾青和臧克家展现时代的强大创作生命力，这主要表现在他们对社会现实的拿捏的精准和对生命关怀的紧密，还有对社会本质思索的深邃与广阔上。他们"以最大的热情去讴歌人民的内心的愿望，他们的对于被奴役的生活的厌恶，他们的对于新的日子的欢迎，对于革命战争的兴奋，对于自由幸福的企求，以及在那远处向他们闪光的理想境界的向往。"[1] 艾青和臧克家始终聚焦在那飞速变革着的社会现实，始终给中华民族的多样生存现状以观照批评触发激励讴歌等明确的气度。他们的《纵火》《人皮》等诗歌作品是对日本入侵者惨无人道的野蛮与暴虐的咒骂；《仇恨的歌》、《通缉令》《哀巴黎》《欧罗巴》等诗歌作品是对希特勒等法西斯刽子手、吸血虫、洋奴、贼子、内奸、走狗等的强劲嘲讽和鞭挞；《城市人》《鞍鞴店》等诗歌作品是对国民政府统治时期的卑劣及各类权贵恶霸的伪善、奸诈、畏强欺弱、贪欲、浮夸、乱性的面孔和鄙俗卑琐的内心的无情揭穿；他们的《赌博》《悼词》等诗歌作品是对全球反法西斯主义抗战的激情赞颂；《敬礼》《悼罗曼·罗兰》《杜塔拉》《索亚》等诗歌作品是对全球反法西斯的全民领袖、革命勇士、英

---

[1] 艾青：《论抗战以来的中国新诗》，《艾青全集》第3卷，花山文艺出版社1994年版，第170页。

豪的激情讴歌；《运河》《补衣妇》《北方》《旷野》《献给乡村的诗》等诗歌作品是对中国农夫的存活处境的真切的磨难的再现；《古树的花朵》《雪里钻》《他起来了》等诗歌作品是对中国斗士以生命捍卫国家的壮举和英豪情操的歌颂；《火把》等诗歌作品是对中华民族的解放和美好前程的彰显；所有这些作品，都带给读者一种非常饱满、深隧和开阔的感触。时代的狂风巨浪，风谲云诡和离合悲欢，在其诗歌作品的具体细节中获得了异常鲜活与周详的映射。这些与特殊时代紧密关联在一起的诗歌作品拥有一种独特的史实价值和别样的诗学价值。如果说郭沫若的《女神》充分展现了五四运动时期突飞猛进、激烈反帝反封建的时代思想，成为时代最高亢的强音；戴望舒的诗歌作品展现了革命与反革命相生相灭的20世纪二三十年代中国文化人在探索革命和进取的历程中的专有的精神意识和行为风貌，成为时代最真实的一面镜子；那么艾青和臧克家的诗歌作品则真切周详地展现了20世纪40年代战火与安乐、革命与救国的残酷战争和全球历史进展方向，还有中国现实的演变和中国普通民众精神情感的进步足迹，无愧为那个时代的"最忠实的代言人"。

艾青和臧克家的诗歌作品向读者传达的浩大且丰富的社会现实生活，包含诗人在开阔的传统文化语境下，他们与社会现实生活休戚相关的精彩、完美的内心深处，还有诗人融汇了国家与全球、社会与现实，融汇了美学体验、美学感悟与美学理念的宏大年代的诗意。可以把它们看作是诗人内心深处的社会现实生活，是一种无比诗情画意的社会现实，无比生动形象的社会现实，它是与哲学教科书上的截然不同的社会现实，也可以把它看作充盈着诗意真实的"史诗",则是再精准不过的了。

其次,艾青和臧克家在诗歌创作过程中都追求"良",诗歌主题就要表现民族的良心、人民的心声。艾青认定诗歌应当赋有"良"的思想意蕴,良作为一种伦常德行标准,它是历史直观的和现实形象的,而不是笼统的空泛的,是以普通民众的权益为标准的,即具有民众性和先进性。换句话说,诗人的创作倾向于"良",就是要忠诚于社会现实,忠诚于社会现实的先进政治,为促进人类社会进步而拼搏。

作为诗人,艾青与臧克家对于"良"的展现,基本呈现在诗意的抒发上,而关于诗意的抒发,他们拒绝理想主义的情绪横溢与直抒胸臆,拒绝"把感情完全表露在文字上",倡导用"明确的理性去防止诗陷入纯感情的稚气里"[1]。因此,他们倡导将诗意转换为具象有形的美学意象,艾青说:"意象是具体化了的感觉",与此同时也是"诗人从感受向他所采取的材料的拥抱"。意象的设立,就是"在万象中,'抛弃着,拣取着,拼凑着',选择与自己的情感与思想能揉合的,塑造形体"[2]。也便是说,诗中的意象其实乃是被赋予了情感的具象或物象。一般而言,新颖的意象或者具象的创造,是诗人最基本的使命,但凡具有原创性的诗人都拥有独属于他自己个体的美学意象,在这些美学意象中,沉淀着诗人别样的生活感悟和精神意蕴。我们从艾青与臧克家无数的诗歌作品中能够发现,活跃在诗人内心深处中的美学意象是多么绚丽多姿,诗人对美学意象是如此敏锐。诗歌

---

[1] 龙泉明:《中国新诗流变论》,人民文学出版社2004年版,第564页。
[2] 龙泉明:《中国新诗流变论》,人民文学出版社2004年版,第564页。

美学意象的勾勒却非诗人的美学目标，而是诗人依仗这些美学意象来透彻展现簇新的生命和簇新的社会现实，涌现出诗人丰饶深邃的内心世界。我们接下来对艾青与臧克家诗歌的美学意象中的核心意象展开解析，就能够揭露出他们诗歌向"良"的根本动向。

土地和农民是艾青和臧克家诗歌作品中经常出现的核心意象。艾青和臧克家是心贴着大地的诗人，他们的很多诗歌时刻关注着苦难的中国大地和挣扎在死亡线上的底层农民。他们的很多诗歌都以土地、旷野、农民、乡村、河流和道路为核心意象或者贯通着体系意象。首先，这一类美学核心意象沉淀着诗人深邃的爱，对大地母亲祖国的挚爱。艾青在《旷野》（又一章）中写道"我始终是旷野的儿子"；在《北方》中写道"我爱这悲哀的国土"；把这份情感传达得极为深邃的是《我爱这土地》，"为什么我的眼里常含泪水？因为我对这土地爱得深沉"，纵然我死了，"连羽毛也腐烂在土地里面"。这里展现的是一种极为深邃的铭记于心的挚爱祖国的深情。其次，这一类美学核心意象还沉淀着诗人对国家前途的深重的危机意识。在抗击外敌的烽烟中，诗人到处颠沛流离，这能够让他"能以真实的眼凝视着广大的土地"，见到"那上面，和着雾、雨、风、雪一起，占据了大地的，是被帝国主义和封建地主搜刮空了的贫穷"[1]。因此，艾青和臧克家心中极度悲恸与忐忑。他们不仅如此深刻领悟到"载负了土地的痛苦重压"的中国农夫的生活的艰难，还对这古朴的疆域所抚育的"世界

---

[1] 艾青：《为了胜利》，《艾青全集》第3卷，花山文艺出版社1994年版，第122页。

上最艰苦与最古老的种族"的为国为民的优良传承萌生了灵魂深处的吻合。他们在《献给乡村的诗》《歇午工》《难民》《老马》《村庄》《农家》《夜、《老人》《矮小的松树林》《冬天的池沼》《水牛》《吊楼》《灌木林》《土地》《农夫》《旷野》（两首）《我们的田地》《秋晨》（又一章）《手推车》《北方》等诗中，满怀着吐不尽的愁绪，接连迸发出震撼人心的呐喊："被凌辱的土地""被践踏的祖国的土地""悲哀的国土""广大而瘦瘠的土地""荒凉的土地""储满了阴郁与困厄的乡村""悲哀而旷达，辛苦而又贫困的旷野""饥荒的大地""永远汹涌着我们悲愤的河流"[1]等等，这些诗句浸染着诗人对领土丧失、权力被剥夺的悲恸。再次，这一类美学核心意象还沉淀着诗人对劳苦大众的挚爱之情，还有对劳苦大众悲苦命运的关怀。臧克家的《老马》充满了诗人对农民坚韧的生活态度的赞扬之情，读者从中能够体悟到一个忍辱负重分北方农民群体，体悟到一种重压之下的民族精神。同时，这首诗也融入了诗人自己个体的生命体悟，而这体悟又不单单是个体的。因为"那在鞭影中眺望未来的'坚忍主义'，正是那个时代普遍的生活态度"。[2]诗人更倾向于依赖辨析，而不是主观感受，被个体"嚼着苦汁营生"的现实生活体验，与核心意象"老马"融合为一，在某种程度上隐晦了抒怀核心的确切意蕴，而这种隐晦，使得诗歌作品全部因为隐去个体而有了更大的普遍性，有了更为宏大的主题内涵。

---

[1] 龙泉明：《中国新诗流变论》，人民文学出版社 2004 年版，第 566 页。

[2] 江锡铨：《深入浅出的生活抒写——臧克家现实主义诗风浅议》，《中国现代文学研究丛刊》1990 年第 3 期。

　　《大堰河——我的保姆》是艾青的代表作，这首诗是献给祖国土地上慈爱良善而命运悲惨的平凡农夫的颂歌，是歌颂他的真正的母亲大堰河的。这首诗可以说为艾青今后的诗歌创作定下了一个基调。在他以后的创作中，聚焦的核心一直是与土地水乳交融的平凡农夫的悲苦人生。因此，他创作出了一连串的"土地"的更迭角度：首先，创作出了"大地—农夫"蒙受劫掠和摧残的痛楚与煎熬。那些常年在土地上忍辱负重的农民，他们对养育自己的土地被沦于不幸而深感悲痛和忧郁。接着，他又写出了"土地—农民"的复活（觉醒与抗争）。当农民被逼得无法在土地上劳作与生存的时候，他们起来抗争，与侵略者浴血奋战，使广袤而可爱的土地，汇合成淹没侵略者的汪洋大海。随后，他又写出了"土地—农民"的翻身与解放："这里的土地虽不肥沃，也缺乏江南的风光，／但是这里没有饿殍，没有冻死的人，／人民生活得很满足，很安宁，／仓里有余谷，冬天有棉袄；／代替了阴郁悲苦，／他们的脸上含着微笑。"（《向全世界宣布吧》）艾青恰恰是经过对大地的悲苦、再生与解脱三部曲的刻画，"真实地写出了中国农村现实的灵魂"[1]。

　　倘若说前边的诗歌核心意象在某种层次上展现了艾青和臧克家诗歌向"良"的精神追求，那么我们接着对他们两个的诗歌所包含的核心性思想意蕴展开解析，就能够相对全面地浮现出他们诗歌向"良"的精神系列。他们的诗歌所包含的核心性思想意蕴主要有悲苦意蕴和战斗意蕴。

---

[1] 钱理群：《中国现代文学三十年》，上海文艺出版社 1987 年版，第 497-498 页。

　　首先，幼年的辛酸，初期进入社会闯荡的艰苦，还有成年之后历经的各种磨难（艾青担负着家仇国恨流离失所，臧克家艰难的抗战经历），使他们的思想领域中慢慢沉淀出了一种异常雄浑厚重的悲苦意蕴。20世纪三四十年代的臧克家始终着眼当下，审视着悲苦的中国土地和抗争在死亡线上的下层普通民众。他运用具象的写实，再现了国民党统治时期腐败的社会现实，表现出了乡村现实生活的真实状态，《歇午工》《炭鬼》《洋车夫》《神女》《贩鱼郎》《难民》等诗歌作品，既表现出了下层普通民众生活的悲惨，思想上的愁闷，也传达出了他们内心的气力，闻一多评论非常到位，评价臧克家的诗歌作品深刻反映了20世纪三四十年代中国农民的苦难生活和精神面貌，是深切结合自身的"嚼着苦汁营生"的人生活经验和态度的。处于战争年代的艾青的诗歌悲苦意蕴与郁闷情致技高一筹，悲苦和郁闷几乎占有了艾青的全部内心世界，而且成为他诗歌的根本思想意蕴和重要色彩。艾青从创作贫困终生的养母"大堰河"为起点，虽然不同阶段的诗歌作品散射出极具差异性的社会色调，但是大多数浸染着悲苦的美学美，自始至终有一种郁闷与悲苦之情贯通其中。在他的诗集《旷野》和组诗《北方》中，有着更加浓烈的悲苦和郁闷之情充斥其中。艾青把自己个体亲身经历的"载负了土地的痛苦重压"的北方农夫的"贫穷与饥饿""灾难和不幸"一一表现在《北方》组诗里，如果说《北方》和《手推车》从整体上表现了北国人民的艰苦和悲哀，那么《补衣妇》《乞丐》《人皮》等诗则从特写的角度展现了北国人民的悲惨命运。满身是泥土的洗衣妇，无声地想着被炮火毁掉的家，无声地给人缝补，而让自己孩子的"可怜的眼，瞪着空了的篮子"（《洗衣妇》）。那些徘徊于黄河两岸的乞丐，"用最使人厌烦的声音，呐喊着痛苦""用固执的眼，凝视着你""伸着永不缩回的手 / 乌黑的手 / 要求施舍一个铜子 / 向任何人 / 甚至那掏不出一个铜子的兵士"（《乞丐》）。那悬挂在树枝上的人皮，是日军从中国女人身上剥下的，这"涂满了污血的人皮"，"像一件血染的破衣 / 向这荒凉的土地 / 披露着无比深长的痛苦"（《人皮》）……这一幅幅北方苦难的图画，真使人惨不忍睹，它所诉说的"北国人民的悲哀"，是如此让人心碎。

收在《旷野》诗集里的诗歌作品，"多数写的是中国农村的亘古不变的阴郁与农民的没有终止的劳顿"[1]，它们客观地描画出了西南山岳地带那片土地的巨大阴影笼罩下的苦难与悲哀。这时期所写的其他诗歌作品，如《水牛》《浮桥》《街》《我们的田地》《冬天的池沼》《船夫与船》等无不从不同角度对人民的苦况做了真实的描写。艾青的《旷野》（又一章）可说是对西南人民的苦难人生的集中概括："那里，人们像被山岩所围困似的 / 宿命地生活着：/ 从童年到老死，/ 永无止息地弯曲着身体，/ 耕耘着坚硬的土地；/ 每天都流着辛勤的汗，/ 喘息在 / 贫穷与劳苦的重轭下……"苦难意识对于艾青来说，既是时代赋予的，也是诗人心灵发出的真实的声音。艾青作为"农人的后裔"，不但深深地知道农民"岁月的

---

[1] 艾青：《为了胜利》，《艾青全集》第3卷，花山文艺出版社1994年版，第122页。

艰辛",而他自己也时时承受着流浪与监禁、寒冷与饥饿等困难,他说:"而我 / 也并不比农民快乐啊 / ——躺在时间的河流上 / 困难的浪涛 / 曾经几次把我吞没又卷起—— / 流浪与监禁 / 已失去了我的青春的 / 最可贵的日子 / 我的生命 / 也像你们的生命 / 一样的憔悴呀"(《雪落在中国土地上》)。

艾青诗歌的郁闷并不是形成于对生命的憎恶,而是形成于对旧社会现实的悲恸与厌恶。诗人的悲苦意蕴既来自他个体,也来自社会的深幽之处。他对中华民族的悲苦社会现实生活和普通民众所蒙受的煎熬和悲凉领悟得太透彻了。他说:凄惨而悲苦的生活接连不断地涌向我们,"我们连呼吸都感到困难⋯⋯中国实在太艰苦了,它正和四面八方所加给它的危害搏斗"[1]。艾青聚焦艰苦,要把中华民族"所蒙受的一切的耻辱与不幸、迫害与困厄"看成"我们诗的最真实的源泉",最重要的发挥目标,并切一定要把它发挥得惊心动魄。诗人唤醒普通民众:千万不要遗忘中华儿女正在经历着怎样的人生状态,中华儿女正身处在怎样的生活逆境之中;接着警告普通民众:为了能够脱离悲苦、歼灭悲苦,我们必须进行战斗,我们必须奋起直追。所以艾青的悲苦诗歌作品,经常踊跃着诗人的勉励和召唤的诗意。《旷野》的末尾,诗人思绪凝重地发出呼喊:"旷野啊—— / 你将永远忧虑而容忍 / 不平而又缄默么?"《人皮》在描画了日寇给中国人民以亘古未有的劫掠、

---

[1] 艾青:《诗与宣传》,《艾青全集》第3卷,花山文艺出版社1994年版,第78页。

焚烧、奸淫与杀戮的罪行和令人发指的惨状之后，沉重地呼唤道："中国人啊，／今天你必须把这人皮当作旗帜，／悬挂着，悬挂着，／永远在你最鲜明的记忆里。"艾青深深懂得，在那苍茫的悲苦已导致普通民众进入麻痹状态，已唯有把悲苦呼喊出来，才可以唤醒人们；只有正视我们面临的耻辱和悲苦的人生，才能够迸发出摆脱苦难的力量。既如诗人所言："把忧郁与悲哀，看成一种力！把在广大土地上的渴望、不平、愤懑……集合拢来……伫望暴风雨卷带了这一切，扫荡这整个世界吧！"他还说：这些诗"如果真能由它而激起一点种族的哀感，不平，愤懑，和对于土地的眷恋之情"[1]，激起人们对旧世界的厌恶和对新世界的企望，他就感到满意了。这实际上是把"苦难美"与"崇高美"联系在一起了。

其次，艾青与臧克家的诗歌作品中充满着浓郁的战斗意蕴。当然，表现普通民众的疾苦与中华民族的悲苦是与表现战斗紧密相连的。

20 世纪 40 年代，日本侵略中国引起的那场战争，既关乎着中华民族儿女的兴亡盛衰，也关乎着全球的安全与共和之可否能够持续。因此，对那场抗战持何种立场，是每一位有良知的中国儿女都不能逃避的。艾青说："如果一个诗人还有着与平常人相同的心的话（更不必说他的心是应该比平常人更善感触的），如果他的血还温热，他的呼吸还不曾断绝，他还有憎与爱，羞耻与尊严，他生活在中国，是应该被这与民族命运相连结的事

---

[1] 艾青：《北方·序》，《艾青全集》第 3 卷，花山文艺出版社 1994 年版，第 63 页。

件所激动的。"他认定,国家的尊荣与权力,国家的自立、解放和福祉,"必须通过战争才能得到保证","这是真理,是每个谋解放的中国人民所应该把握的信心,没有这样的信心的人,是不可能理解战争的。不能理解这战争的,又如何能理解时代的精神呢"[1]?他召唤诗人们,切莫"自外于这全民族求解放的斗争","不要逃避这历史的重责",由于"在今日,无论诗人怎样企图把自己搁在这一切相对立的关系之外,他的作品都起着或正或反的作用,谁淡漠了这震撼全世界的正义战争,谁就承认、帮助了侵略者的暴行"[2]。

正因为艾青与臧克家对战斗持有这么严肃的立场和深邃的认知,所以他们的创作自始至终聚焦着战争的发展,把"这无比英勇的反侵略的战争,和与这战争相关联的一切思想与行动;侵略者的残暴与反抗者的勇猛;产生于这伟大时代的英雄人物;民主世界之保卫,人类向明日的世界所伸展的希望",作为"中国新诗新的主题"[3],这实际上已直接触及了"战争与和平"的母题。战争从根本上讲是正义与邪恶、文明与愚昧的较量,也是人与人命运的较量。艾青对这一主题的把握相当准确。他所抒写的《中国人民的歌》《向全世界宣布吧》《仇恨的歌》《通缉令》《雪里钻》以及《他死在第二次》《反侵略》《吹号者》《火把》《向太阳》等作品,不但在表现抗日斗争宏伟壮观的场面上"并世无二人"[4],而且在民族凝

---

[1] 艾青:《诗与时代》,《艾青全集》第3卷,花山文艺出版社1994年版,第68页。
[2] 艾青:《诗与宣传》,《艾青全集》第3卷,花山文艺出版社1994年版,第79页。
[3] 艾青:《诗与宣传》,《艾青全集》第3卷,花山文艺出版社1994年版,第78页。
[4] 陆耀东:《论艾青诗歌的审美特征》,《中国现代文学研究丛刊》1992年第4期。

聚力的凝聚和"民族魂"的重塑上，也企及时代的急需的制高点。其对强盗、卖国贼的诅咒，对国家尊严与主权的维护，对和平、道义和一个民族的良心的追问，对民族的英勇斗争的赞颂，对民族的光明前途的祝祷，成为其作品的主旋律，它绝对能够"为抗日战争留下了丰碑"。臧克家的《罪恶的黑手》，艾青的很多诗歌作品，如《欧罗巴》《哀巴黎》《希特勒》《赌博》《悼词》《土伦的反抗》《赖伐尔》《索亚》《十月祝贺》等则奏出了世界反法西斯的高昂旋律，臧克家的《古树的花朵》抒写了一曲史诗般英雄的赞歌。它在素材触及社会生活的范围之广、主题挖掘与呈现的深度和力度上，都是亘古未有的，在中国新诗发展史上，似乎没有能够与之相提并论的。出于对人类命运的总体关怀与世界和平的基本愿望，艾青与臧克家对战争的无情揭露和沉重打击，对正义与人性的坚决维护，在其作品中是相当突出的。纵观艾青和臧克家战斗素材的诗歌作品，它是奉献给全国普通民众和全球普通民众的，它异常深邃地传达出这样一个共通的全球话语：反侵入、反霸权、反专制、反仇视，求存活、求自主、求平安、求解放、求发展。从这些诗歌中，我们能够发现富有正气的中华儿女，真正的全球民众应该持有的风范与气量。

艾青与臧克家的诗歌作品中的核心意象和核心思想意蕴醒目地贯通于战斗时期的诗歌作品中，它充分展现出探索革新与进取的文化人关于时代的根本立场，关于社会现实的根本认知，展现有成就的现代诗人的忧国忧民和强烈的社会责任感。理应说，艾青与臧克家对诗歌求"良"宗旨的特别看重与探索，就是要求诗人承担起时代所赋予的责任与使命，要求诗人

"丰富地产生属于这个时代的诗篇",使自己"从精神上——即情感、感觉、思想、心理的活动上——守卫他所属的民族或阶级的忠实兵士"。我们认为,作为一位诗人,如果连忧患感和使命感都不具备,淡漠求"善"的意识,恐怕很难说有健全的灵魂。诗歌创作无疑需要多元化,儿女情、身边事、风花雪月、草木虫鱼,这些轻的东西、软的东西、甜的东西固然不可少,但太多了总不是好事。在国难(战争灾害、生物灾害)当头的年代,如果回避严肃问题,一味追求"生命之轻",追求"闲适""散淡",恐怕于国于世都没有什么好处。艾青和臧克家虽然也写风景诗,却始终不忘民族的兴衰,不忘时代的使命,在诗中表现"生命之重""生命之火",以苦涩的沉重使人警醒与反思,这在当代是非常可贵的。所以艾青与臧克家的诗歌会赢得读者的认可,关键是他们的诗道出了普通民众共同的心声,展现了中华民族的良知,抒写了一个时代的魂魄,是中华民族忠实的代言人。

再次,艾青和臧克家在诗歌创作过程中,美学上都追求"佳",也就是美,艾青曾说:"凡是能够促使人类向上发展的,都是善的,都是美的,也都是诗的。"[1] 那就是说,"佳"的思想意蕴是实与良,而实与良务必是能够通过具象展现的,因此诗的"佳"又是诗歌的创作原则、展现技法与美学方式和特色的综合表现。

1. 对现实主义创作原则的秉持与发扬

---

[1] 艾青:《我们对于目前文艺上几个问题的意见》,《艾青全集》第 5 卷,花山文艺出版社 1994 年版,第 386 页。

艾青与臧克家的诗美探索，首先表现在他们对新诗现实主义创作原则的秉持与发扬。他们的创作极为鲜明的特色就是自始至终"忠实于现实，用自己全部智能去和现实结合，随着发展和变化的现实一同发展和变化"[1]，因此，他们的诗歌显著地展现了新诗的现实主义创作"忠实于现实的战斗的传统"。他们对诗的客观性、理念性和气势的探索，使他们的诗歌的意境能够立于时代的制高点，而他们对诗的核心性和美学性的莫大的青睐，则使他们的诗与同时代的诗相比不同凡响，因而把现实主义诗歌提升到一个全新的水准。

现实主义应社会现实局势的需求，在中国新诗发展过程中一向是诗歌的主流创作，这种主流创作中一个非常鲜明的趋向就是把社会现实与自我个体、国家政治与诗歌美学完全对立看待。而艾青与臧克家从不随波逐流，自始至终把社会现实与自我个体、国家政治与诗歌美学的统一看作现实主义的本真属性，因而使他们的创作秉持了现实主义的本真状态，获得了一种成熟的艺术标准。艾青与臧克家的诗歌创作实践过程中，总是坚决掌控住自我个体的能动性，总是忠诚于个体对社会现实、生活的真实感悟，将个体的内心裸露在普通民众眼前，将个体的冷暖悲欢坦诚地表达出来。他们依照个体的法门，用个体的嗓音，唱出个体的内心之歌，所以他们的诗的真本质、真性灵非常明晰，他们的个体特色也非常饱满。

---

[1] 艾青：《我们对于目前文艺上几个问题的意见》，《艾青全集》第5卷，花山文艺出版社1994年版，第386页。

艾青与臧克家是喜欢遐想的诗人，他们频繁地把个体的思索自如地与抒写目标相融合，所以他们诗中的抒写目标无不带有诗人个体的秉性和情调。臧克家的《老马》是诗人个体生活经验的集体化体现。艾青也对诗中抒写目标展开了相当自发的刻画，贯通于艾青 20 世纪 40 年代诗作中的抒写目标是一个充溢着凝重的为国为民思想和殷切寻求美好并甘心情愿为正义事业奉献生命的人物形象。艾青说诗中人物都是知识分子，即使"有时也写到士兵和农民，但所出现的人物常常是有些知识分子气质的意念化了的"。[1]他曾说："《吹号者》……好像只是对于诗人的一个暗喻，一个对于诗人的太理想化了的注解。"[2]《吹号者》中的抒写目标纵然受伤摔倒在血海中，可是"那号角好像依然在响"，非常明显是对"诗人"的隐喻。还有，《他起来了》中的那诀别了"昨天"的"眼泪""呻吟""痛苦"而"起来了"，欢迎幸福的"今天"的抒写目标；《火把》中那个从个体一方乐土奔向集体战斗激流的抒写目标唐尼等无不带有诗人个体的影子。艾青的抒写目标自始至终融通着诗人的个体情感和思想特征，但同时它又是和社会现实生活、普通民众亲密交互在一起的。恰如他的《群众》中所展现的："当我用手按着自己跳动的脉搏／我的心就被汹涌的血潮所冲荡／他们的痛苦与欲求和我如此纠缠不清——／他们的血什么时候流进了我的血管？"也就是说，诗人的自我个体与社会集体是融为一体的，所以诗人

---

[1] 艾青：《艾青选集·自序》，《艾青全集》第 3 卷，花山文艺出版社 1994 年版，第 279 页。

[2] 艾青：《为了胜利》，《艾青全集》第 3 卷，花山文艺出版社 1994 年版，第 126 页。

个体的内心抒写也是所有中华民族整个灵魂的搏动与震动。《火把》《他死在第二次》《吹号者》《他起来了》等诗歌作品既是艾青个体的人生体悟，又沉淀了我们中华民族在鲜血与战火中的共同体悟。

艾青与臧克家的诗歌是"诗外有事，诗中有人"，他们终归能够将时空统一在诗歌作品中，自我个体与抒写目标交融，淳朴的仁厚神韵与社会现实中的隐忧对接，进而弥散为多数诗歌的主旋律。艾青与臧克家的诗歌创作有一个总的态度，可以说是诗性态度，这种诗性态度在他的诗中有一个自始至终的贯彻，而不是时断时续的。这就是诗意的真实，即在人生的诗意与诗意的人生的统一中透视出的真的氛围、真的境界。正因如此，艾青与臧克家的诗歌创作有了独特的意蕴，它使现实主义诗歌在疏忽个体、使其在内涵上呈现匮乏的发展态势的环境下带来补给血液、复现活力的效用。

2. 对古今中外艺术手法的吸纳

艾青和臧克家向来探索和秉持现实主义的创作原则，但又不束缚于现实主义的单调范式，当是有所超越，有所拓展。如同法国诗人贝尔娜对艾青的品评："从一开始就是写实派，但他不是僵硬的，教条主义的，这是一种自由的现实主义，开明的现实主义，进取的现实主义。"[1] 自不必说，艾青与臧克家在遵循现实主义属性规则的根本上极力汲取中外古今文化的精髓和各种文化派别的养料，在东西合璧的走向上发扬现实主义，使现实

---

[1] 贝尔娜：《艾青诗选·序》（法文本），《艾青专集》，江苏人民出版社 1982 年版，第 98 页。

主义诗歌在美学发展上赋有诸般品位和拓展的体统，在诸般素材的美学加工上富有更充沛的展现力，在展现技法和格调的转变上富有更广阔的顺应性。

艾青在诗歌的意境与特色的产生上受西方诗人的浸染是广博的。他赞赏马雅可夫斯基的作品："意象——新鲜如云霞，/旋律——吹刮如旋风，/音节——响亮如雷霆，/思想——宽阔如海洋。"（《马雅可夫斯基》）他称道："莎士比亚的联想的丰富，生活的哲学的渊博，智慧光芒的闪炯，充满机智的语言，天才的戏谑……我没有在他以后的诗中发现过。"[1]他对普希金那无拘无束的诗歌"以我的意志缠绕着你的灵魂"，"以我的语言燃烧一切人的心"的创造精神怀有"至高的敬仰"[2]，对他那"狂风似的歌声""明晰、朴素的语言"也是非常钦佩的。艾青能够挖掘到这些诗人的创作意境和特色风格，应该就是他自我挑选的后果。实际上，他的美学作品已然融汇了这些诗人的不俗之处，并且在美学意境与特色上赋有了某些类似性。艾青所描写的悲苦之歌、战斗之歌，显然继承了普希金、马雅可夫斯基、惠特曼等"向一切凶恶野兽的人民的敌人挑战；用自己的心血，呕吐出人民的愿望，与不可抑制的叛乱的意志"[3]，他那在诗歌特色上的刚正不阿，但又鲜有柔美之气，非常明显是承接了普希金、马雅可夫斯基、惠特曼、莎士比亚等人的雄健勇猛之风，又将国家故土的雄劲与淳朴糅合

---

[1] 艾青：《我怎样写诗的》，《艾青全集》第5卷，花山文艺出版社1994年版，第132页。
[2] 艾青：《先知——普希金逝世一百零五年纪念》，《艾青全集》第3卷，花山文艺出版社1994年版，第195页。
[3] 艾青：《先知——普希金逝世一百零五年纪念》，《艾青全集》第3卷，花山文艺出版社1994年版，第195页。

在一起，产生别具匠心的风范和劲度。臧克家的《老马》《难民》《古树的花朵》中也能够看到明显的现代主义艺术手法的运用。艾青与臧克家自发地将西方的艺术手法通过挑选的美学思想、美学展现方式与美学特色与深邃的现实主义创作原则对接在一起，根据自觉对现实生活与思想情感表现需要，广取薄收，使之突破现实主义的习惯思维，把现实主义诗歌引向更加开阔的领域和更高的境界。

艾青与臧克家的诗歌对中国古今文化与文学的承继关系也非常明显。艾青与臧克家受到五四运动以来的中国新文学的影响自不待言，因为他们本身就置身于中国新文学的氛围中。艾青与臧克家所受到的中国古典文化与文学的浸染同样不容小视。首先，他们在核心意蕴上承继了中国古时文化人"以天下为己任"的传统精神连同沉淀的非常厚重的隐忧意蕴，使他们自始至终拥有强劲的精进思想和社会强烈的责任感以及为国为民的博大胸怀。其次，他们在美学创作上传承了中国古典文学中厚重的诗骚风格，把诗歌看成表达内心精神状态，呈现社会立场的对象，这就导致他们的诗歌势必与嬉戏、纯美大相径庭，他们的诗绝无矫揉造作的作品，也绝无游山玩水的作品，他们自发面对真实的现实人生，承载了人世间的一切悲苦，承载了社会现实的各种隐忧，展现了以祖国、中华民族、普通民众之忧为忧的"赤子之心"和仁厚思想。艾青与臧克家始终发扬中国诗歌以抒情为本，以意境为审美追求的最高境界，以赋、比、兴为主要表现手段的诗学传统，尽管这些传统因素在与外来影响化合后发生了变异，形成了新的质素，但我们仍可看到它在艾青诗歌中所发生的作用。艾青与臧克家很多诗作都注重营造一种主观情感与客观景象相契合的意境，不但像《老马》这样短小的抒情诗追求意境美，而且《吹号者》《火把》《雪里钻》等长诗也有深厚的意境。诗歌意境大多为王国维所说的"有我之境"，因而有真性情。艾青的诗歌创作手法虽然多样，但在《我爱这土地》《雪落在中国的土地上》《北方》《旷野》《向太阳》《给太阳》等抒情诗中，臧克家的《老马》《难民》等诗中，比兴手法和赋的铺陈，以及民歌中的反复与双关被大量运用。其中比兴手法常常与象征、暗示与隐喻的方法相结合，使诗歌在视野和空间上别开生面。艾青与臧克家的诗歌非常看重情感由环境的激发自然地喷薄而出，与"独抒个性，不拘格套"的明朝的公安派有共通之处。因此，他们的很多创作是情感与环境对接而生，言语刹那间奔涌而出，如大雨倾盆，摄人心魄，他们写诗如果情感并非从胸腔自然流出，就绝不会下笔写。艾青与臧克家既学习古代诗歌传统，又容纳新潮，既有古典遗风与古典韵味，又有扑面而来的现代气息。

艾青与臧克家是在继往开来时的文化与文学的交织的地标上开启了个体的美学大门的，是在广征博集中构成绚丽多彩的诗歌美学的，是在不断探索中寻求现实主义发展道路的。

3. 形象、形式和语言方式的追求独特

艾青与臧克家在诗歌创作过程中尤其青睐诗歌的具象化。因为他们认为，"形象塑造的过程就是诗人认识现实的过程"，并且诗人要表现现实生活情感，最终必须凝聚为具体的形象，具象化之后才能形成实在意蕴上的诗，所以具象创造是诗歌美学创造的主旨。他们在创造过程中特别注意

把握事物的外形和本质，追求感觉力的统一，即感觉、情绪、想象和思想的综合。在他们的诗中，诗情、诗思不是抽象空洞的，而是被丰富敏锐的生活感受所充实，被形象所铸造的。他们的诗歌是以表现其独特构思的形象作为依托，而且这些形象大都是传神的，含蕴深厚的。他们的很多诗，就靠一个或者几个形象支撑起一个诗意，诗歌因其形象而显得诗意盎然，其形象也因诗歌而显得光彩熠熠。他们因重视诗的具象创造，防止了广泛存有的观念化定式化偏向，他们的诗歌没有流行的标语口号，也没有现成的理论的搬弄，而是直接表达自己人生态度、思想观念的诗《时代》《老马》《难民》《强盗与诗人》《我的父亲》等因其形象的作用而具有感人的力量；即使歌颂伟人鲁迅、毛泽东的政治抒情诗也因其形象把握的准确生动，而显示出诗的魅力。

艾青与臧克家擅长透过形象的着重刻画展现形象心灵，凸显形象脾性，描述形象特征。《古树的花朵》《火把》《他死在第二次》《吹号者》《索亚》《雪里钻》等诗并非在乎是否能够构造完美的情节，而是提取形象社会生活侧面或片断来揭示形象的思想意蕴。《古树的花朵》塑造了高龄的范筑先以惊人的毅力，强忍着儿子、女婿的牺牲给自己带来的巨大悲痛，用战斗为国家民族和自己另辟一个崭新的生命。"他是一颗老人星，他是一棵占树，在大时代的气流里开出了鲜红的花朵。"（《古树的花朵》序）《他死在第二次》省略了故事过程，情节极为简单，但诗人注重从人物心灵独白的角度展示人物的内心世界。《火把》塑造了一个追求进步的女性形象，作者并没有着力描述她思想发展变化的具体过程，而是通过一个个场景的

变换和人物的对话来集中刻画主人公的思想变化。《索亚》是表现苏联的
一位反法西斯的勇敢坚强的女战士形象，而作品截取索亚被捕受刑时的言
行和思想活动刻画其性格，其中主要通过敌人审讯时的立场回答和牺牲前
在绞刑架下的三次震荡人心的呼喊来突出人物的崇高的思想境界和战士品
格。读了这些诗歌，人民也许无法了解形象一生踪迹的完好境况，但形象
精神秉性的显著特点却能够给读者留下难忘的印记。

　　艾青与臧克家的诗歌创作始终保持着抒情性、诗意化的特征。不管是
抒情诗还是叙事诗，都是以诗情、诗意与诗味为本。"在叙事诗里，仍然
需要很重分量的抒情的章节，而就是在描写具体生活的部分，也必须具备
诗的那种更高的概括。"[1] 所以他们的长诗注重叙事结构与诗情的结合，
叙事是主线，抒情是重心，诗意是总体氛围。在他们的长诗中，常常以一
个故事或一个情节为线索，以此为人物形象塑造或者情感的抒发起着客观
的支撑作用。当然，诗中所写之事是经过诗人选择的，它在故事的铺展与
情节的展延中蕴含着诗人构思的独特性。同时，诗人在叙事中又注意对客
观对象的主观观照与自我内心感受的开掘，对客观世界的主观观照就是"画
眼睛"与"画灵魂"的结合，即抓住对象最传神的地方写，抓住对象的内
心活动写，并以此揭示人物的内心世界。《古树的花朵》《他死在第二次》
《吹号者》《火把》等均不靠完整的故事情节取胜，而是靠人物形象内心
世界的呈现感人。在故事情节的呈现中，诗人时常将浓烈的内心情感参与

[1] 艾青：《诗与感情》，《艾青全集》第3卷，花山文艺出版社1994年版，第322页。

到讲述中去，抒写对象的许多精神行为都简直是诗人对社会现实的立场和对社会现实的认知的具象化的掌控，总是贯通着浓烈的个体感悟，流淌着往复吟唱的心境。诗歌的首要任务不是叙述情节，而是在吟唱情节，个体抒怀色彩十分浓郁。诗歌创作过程中还注重构建诗韵的意境，这种诗韵的意境的构建，主要依赖诗人对某些特别的环境的晕染，对某些赋有特点的抒写对象的遐想，还有对维持故事的沟通对象的诗意发扬。在《吹号者》中，诗人写吹号者一天的活动，注意用自然环境衬托人物形象，开头写惊醒他的"是黎明所乘的车辆的轮子／滚在天边的声音"；他拿起"心爱"的号角"以对于丰美的黎明的倾慕／吹起了起身号"；"而当太阳以轰响的光彩／辉煌了整个天穹的时候，／他以催促的热情吹出了出发号"……诗人对特定的情景黎明与太阳的抒写，不但突出了诗人的精神，也增强了作品的诗意氛围。《雪里钻》重在描写战士英勇战斗的精神，而以战马"雪里钻"为贯穿物，把颂扬战马和颂扬战士融为一体，以衬托出生入死的战士形象，这种独特的构思，使作品诗意苍郁。《吹号者》中吹号者的号角这个独到的抒写对象既是形象职业的标识，又是抒写对象使命的标识，还是抒写对象光辉思想的象征。《火把》描画火把大集会的环境及"光""动""人群"，既建构了抒写对象行动的语境，又使诗弥漫着浓郁的诗的意蕴。诗人对它进行了多方位的描摹，使作品平添了耐人寻味的诗韵。诗歌作品诗意氛围的营造，还表现在诗人善于从内心审美感受出发，寻找生动的审美意象，通过审美意象的组合以表现诗歌的人物与作品的思想主题。他们诗歌作品对于抒怀性的贯通和诗情画意的构建，使他们的诗歌作品自始至终富有浓郁的诗的意蕴。

艾青和臧克家诗歌创作过程中追求散文美的自由体诗，表现在诗歌形态和表达上的整体特色就是"散文美"。所讲的"散文美"，就是禁止雕饰伪善的表面主义，倡导"充满了生活气息的健康"，"不涂脂抹粉的本色"，"不修饰的美"，就是坚决把诗从无病呻吟弄虚作假的风习中解脱出来，使诗走向博大与开阔。艾青与臧克家故而倡导"散文美"，就是由于散文的无拘无束，给文学的具象以传达的便捷；"那些洗炼的散文、崇高的散文、健康的散文之被用于诗人者，就因为它们是形象之表达最完善的工具。"[1] 关于诗的散文美，主要表现在形式的自由性和语言的口语美。臧克家对于新诗创作理论提出的不多，主要在自己序跋中有所显现，臧克家认为，新诗需要远大的前程，务必满足这些条件，"第一内容充实，第二须用坚实明快的句子表达出来"[2]。"坚实明快"的句子即是口语化的语言。臧克家诗歌的散文美更多的是体现在创作实践上，《烙印》《老马》《难民》《古树的花朵》等诗歌作品充分体现了诗歌的"散文美"，而艾青诗歌创作与诗歌理论同步，接下来将具体阐释艾青关于诗歌创作"散文美"的理论倡导。

艾青当年提出诗歌形式的自由性，就是为了诗歌更能"适应激烈动荡、瞬息万变的时代"。时代生活已经起了极大变革，诗歌发展也应该适应时

---

[1] 艾青：《诗的散文美》，《艾青全集》第3卷，花山文艺出版社1994年版，第66页。
[2] 臧克家：《自序》，《自己的写照》，文学出版社1936年版，第9页。

代的变革。自由性的提出也因受到欧洲近现代自由诗的影响，他所喜欢的欧洲近现代诗人惠特曼、凡尔哈仑、普希金、马雅可夫斯基等都是自由诗的推动者。艾青说，"在近代，以写'自由诗'而博得声誉的，是合众国民主诗人惠特曼"，"产生这种诗体的时候，从诗的本身说，是为了适应表现新的思想感情的要求，突破旧形式的束缚，是一种解放"。[1] 他还说："从惠特曼、凡尔哈仑，以及马雅可夫斯基所带给诗上的革命，我们必须努力贯彻。我们必须把诗成为足够适应诗的时代的新的需要的东西，用任何新的形式去迎合新的时代的新的需要。"[2] 客观环境的需要与外来影响的合力，使艾青获得了变革诗歌形式的动力与依据。本来五四运动以来的中国新诗就是从自由诗起步的，但长期以来自由诗的艺术个性并没有得到更充分的发挥，其优势没有充分展现出来，它似乎还常常被笼罩在格律诗的阴影中。

艾青探索诗歌形式的无拘无束，重点就是完全冲破所有外在形式的桎梏，把个体所感悟的社会现实生活自由自在地呈现出来。他认为是诗滋生格律，不是格律滋生诗，所以他写诗从来不受外在形式的桎梏，任内心情感的宣泄，诗人个体内在情感的此起彼伏的变化自然滋生出旋律和节拍，使人觉得如行云流水，张弛有度。他并没有彻底抛弃诗的韵律，而是要注重诗的"内在律"。他说："诗必须有韵律，在自由诗里，偏重于整首诗内在旋律和节奏；而在格律诗里，则偏重于音节和韵脚。"艾青的自由体

---

[1] 艾青：《诗的形式问题》，《艾青全集》第 3 卷，花山文艺出版社 1994 年版，第 347 页。
[2] 艾青：《开展街诗运动》，《艾青全集》第 3 卷，花山文艺出版社 1994 年版，第 202 页。

诗就是要打破格律诗的音节与韵脚的"封建羁体",从而追求诗的内在旋律和节奏以及变化多样的形式。所以艾青的自由诗没有固定的格式,诗歌的格式跟随情感而变化,绚丽多姿;既不锐意追寻韵律,也不讲究平仄,但诗中自然存在着一致的韵律在流转起伏。艾青追求诗歌形式的自由性也并非随意为之,而是努力在散文化的自由自在与诗歌美学所需的必要标准桎梏之间维持稳妥的制衡,即是"在变化里求得统一,在参差里取得和谐,在运动里求得均衡,在繁杂里取得单纯"。他在郭沫若的"绝端自由"和闻一多的"戴着镣铐跳舞"之间寻求新的互补与融合,重建与超越,从而使自由体诗在总体上形成了散而不乱,规而不矩的特性,表面上显得毫无章法,实际上像弯弯曲曲的河流一样,河水怎样流淌都有其自由的必然性,这种自由体诗在表现时代生活和思想情感上显示出巨大的活力与弹性。

艾青还探索诗歌语言的口语美。他说:"最富于自然性的语言是口语。尽可能地用口语写,尽可能地做到'深入浅出'。"固然,他的"口语美",并不是让白话随意被运用在诗歌创作中,而是有挑选的规范,那就是寻找"明朗与正确的语言,深沉与强烈的语言,诚挚与坦白的语言,素朴与纯真的语言,健康与新鲜的语言"[1],而其中,素朴的语言是他最为强调的,他说:"语言在我们脑际萦绕得最久的,也还是那些朴素的语言。"他通过对人们日常生活中的白话的加工提炼来建构一种能表达现代中国人的生活和思想感情并为现代中国人所接受和欣赏的语言方式。艾青在诗歌探索

---

[1] 艾青:《论抗战以来的中国新诗》,《艾青全集》第3卷,花山文艺出版社1994年版,第170页。

上非常注重语言的新巧，在同年代的诗人中，他是非常热衷于尽力缔造新鲜字眼的诗人，他说："我最嫌弃一个诗人沿用一些陈腐的烂调来写诗。我以为诗人应该比散文家更花一些功夫在创造新的词汇上。我们应该把语言的创造者作为诗人的同义词。……新的词汇，新的语言，产生在诗人对于世界有了新的感受和新的发现的时候。"[1] 艾青的"寻言"与"寻思"是统一的。他对于诗歌语言的革新，与五四运动文学语言变革相承续，也受了戴望舒"以口语入诗"的启发，但是他把诗歌语言的白话化、散文化，论及到这么青睐的境地，是从诗歌的成长角度考虑的，是有明晰的全局性的。首先是从中国诗歌语言的走向来看，存有一种负面的偏向，即五四运动时期已夯实根本的生动的口语语言通过一些文化人的演变，早已典雅不俗，变得贵族气十足；二是从诗歌所直面的抒写对象来看，早已向普通城乡市民和普通劳动农夫变更，如果此时诗人不选择与之相吻合的语言表达，袪除诗歌与抒写对象以及和读者之间的隔阂，诗歌的发展也必将遭受影响和束缚。所以，想要诗歌发展顺应日新月异的社会现实生活，就理当舍弃无病呻吟的诗歌和迂腐的陈词，追求语言的白话化、公众化，即"以现代的日常所用的鲜活的口语，表现自己所生活的时代——赋予诗以生机"。[2] 艾青的诗歌语言整体风格是新鲜、生动、简约、明快，富于变化，深入浅出，大都运用口语而不芜杂，采用平常白话而又有形象和韵律。我们读艾青诗

---

[1] 艾青：《我怎样写诗的》，《艾青全集》第3卷，花山文艺出版社1994年版，第134页。
[2] 艾青：《我怎样写诗的》，《艾青全集》第3卷，花山文艺出版社1994年版，第134页。

歌作品的时候，简直察觉不到它与现代白话的差距，毫无任何修饰和矫情的韵律和诗句，寻常的语言与客观形象自然对应，达到了汉语表达上最大限度的和谐。

艾青与臧克家注重簇新的具象、簇新的句式、簇新的语言表达的构成，形象地反思社会现实生活并表达个体内心情感，脱离形式的枷锁，运用自如质朴的语言，将各种抒写方式整合应用。这一侧重，展现了社会现实的广大意向与核心导向：使诗歌更广阔地贴近社会现实生活，脱离贵族气，更共和、更正面、更自如地奔向读者，奔向普通民众，与此同时也使诗的展现形式获得更为宏大的拓展。

不管是社会灾害还是自然灾害，都是猝不及防意想不到的灾害，关于灾害的各种信息不断拨弄着大家敏感的神经、加剧民众内心的恐慌，不少人为此焦虑紧张、惶恐不安。中国灾害新诗具有反映灾害及时、与灾害同步的时效性审美特征。为了能够让人们及时了解灾害情况，一般篇幅短小，利于传播。为了唤起人们的反抗意识和防控意识，苦难主题鲜明，通过苦难主题弘扬了中华民族强大的凝聚力。优秀的灾害新诗作品具有内容与形式统一的特点，在特殊时期更能够直击读者心灵，发挥诗歌的宣传作用。

第五章

中国灾害新诗研究的时代意义

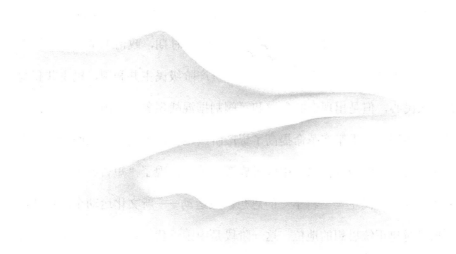

在最近的非典事件期间，灾害加剧民众内心的恐慌，不少人为此焦虑紧张、惶恐不安。来势汹汹、猝不及防的生物灾害，不仅会伤害人们的身体健康，而且会给人们带来严重的心理冲击，因此，在防控中，既要"救命"，更要"救心"。已经得到人们普遍认可的诗歌作品极易在生物灾害中成为人们的精神支撑，让人们以一种相对理智、稳定的心态面对战争和生物等灾害，利于减少不必要的物力、财力以及人力的损失，新诗中所表现出的中华民族不畏艰难困苦、顽强不屈地与灾害作斗争的伟大精神也在激励着后代。中国文化视域下的灾害文化观即是通过文学作品表现灾害带给人类的苦难以及人类的抗争，人类认识自然和征服自然的强烈愿望，更体现了中华民族不畏艰难困苦、顽强不屈地与社会和自然灾害作斗争的伟大精神，中国文化视域下的灾害新诗研究的意义和价值也就在于此。

首先，中国灾害新诗再现了灾害历史现状，具有一定史学价值。

20 世纪 20 年代的中国处于北洋政府统治时期，政治上辛亥革命虽然推翻了两千多年的封建专制制度建立了资产阶级民主共和国，民主共和观念深入民心，但是出现专制复辟和军阀割据混战现象，中国社会处于黑暗时期。经济上由于辛亥革命提高了资产阶级地位，加上一战期间帝国主义放松了对中国的经济侵略，中国民族资本主义出现了"短暂春天"。思想文化上提倡"民主""科学"的思想解放运动——新文化运动全面展开，动摇了封建正统思想的地位。这一阶段是中国近代（现代化）化全面发展的重要阶段。

军阀割据混战时期诗人饱尝人生波折之苦，见到了社会现实的黑暗，对中国社会有相当深入的观察和痛切的感受，所以很多诗篇是对血和泪的中国社会现实的真实反映。郭绍虞在《咒诅》中表达了强烈的情感："咒诅的诗，咒诅的歌，咒诅的文学，怎能写得尽该咒诅的人生呢？"他们的诗笔就是直指"该咒诅的人生"，直捣"人间的地狱"或"地狱的人间"，其笔锋活画出"黑暗王国"的百态世相。叶绍钧的长诗《浏河战场》写了浏河战场之后乡村残败、荒凉的景象，愤怒的锋芒直指军阀。郑振铎的抒情散文诗《悲鸣之鸟》以一只"悲鸣之鸟""勉振着唱哑了的歌声唱着"人世间的黑暗和悲惨。徐玉诺在《杂诗》《火灾》《小诗》《夜声》中用自己的切身体验，描画着军阀混战、兵匪横行的中原大地的残破、悲惨，倾诉着农村的哀歌、苦情。在他的故乡，这种"挽歌般的歌声"，较之"朦胧梦境之希望来得响亮得多"[1]。在当时的诗歌中，如此逼真如此愤慨地揭露旧社会黑暗的诗歌作品并不多见。

抗日战争爆发之后，当祖国和人民正蒙受着战争灾害和屈辱时，当一场殊死大搏斗摆在诗人们面前时，他们别无选择，只有与人民一起投入斗争才是唯一的出路，"把新的血的战争的现实写进诗里"。战争是抗战时期压倒一切的主题。正如诗人魏巍所写："在这苦战的年代，你应把智慧也用于战争，把战争也当成诗。"（《诗，游击去吧》）诗歌所展现出的战争既是具象的，又是全景式的；既是纵向的，又是多方位的。诗人们从现实生活中观察、体验、咀嚼、提炼，描写了敌人的凶顽与抗日勇士们浴

---

[1] 郑振铎：《将来之花园·卷头语》，商务印书馆 1922 年版，第 1 页。

血奋战的英勇，柯仲平的《边区自卫军》、方冰的《歌唱二小放牛郎》、曼晴的《打灯笼的老人》、孙犁的《儿童团长》、商展思的《不准挂个"小"》、蔡其矫的《雁翎队》、魏巍的《蝈蝈，你喊起他们吧》、丹辉的《红羊角》、流箫的《哨》、袁勃的《不死的枪》、夏川的《血战苏村》、贾芝的《牺牲》、胡征的《我回来了》、侯唯动的《将军的马》、朱子奇的《民兵从前线回来了》、公木的《八路军进行曲》、冈夫的《敌人来了困死他》、田兵的《我们的女战士》、陈登科的《老虎不要再凶》、苗得雨的《我送哥哥上战场》、鲁琪的《英勇的爆炸手》等等，不胜枚举，它们浮雕似的展现了战争的多侧面，绚丽夺目地反映了战争中的人物、事件、感受，风起云涌，惊心动魄。

2008年汶川大地震之后，举国悲痛，诗歌自然也深深介入这场国殇之中，各个出版社都以最快的速度推出各种版本的汶川大地震诗集，如岳麓书社选编的《五月的殇咏》、赵丽宏与吴谷平主编的《惊天地泣鬼神——汶川大地震诗抄》、赵丽宏主编的《天使在泪光中远去》、珠海出版社主编的《瓦砾上的诗——5·12汶川大地震祭》、吴兴人主编的《废墟上的升华：汶川大地震新闻时评选》、刘满衡主编的《国殇——献给5·12汶川大地震蒙难者和英雄们的歌》、李瑛等人的《感天动地——汶川大地震诗歌记忆》、尚泽军的《诗记汶川》、柳柳等著的《珍藏感动——汶川·生命之诗》、人民文学出版社选编的《有爱相伴》、海啸等主编的《大爱无疆——我们和汶川在一起》、聂珍钊等编的《让我们共同面对灾难——世界诗人同祭四川大地震》等等。杨秀丽的《写在大地摇动的时刻》描写了汶川大地震的惨烈，大地震让生于20世纪70年代从未经历过自然灾害的诗人深感震惊，猛然从青葱安逸的梦境中醒来，近距离看见了祖国母亲悲切的容颜，可是自己作为诗人又是如此无力，只能用诗歌亲吻祖国母亲。

2003 年，正当人们都期盼着广交会的来临、期待着经济快速发展的时候，中国却遭遇了一场前所未有的非典事件大挑战，考验着中国政府和人民，全世界都在关注着中国。非典事件期间发生了一系列事件引起社会恐慌，包括医务人员在内的多名患者死亡，世界各国对该病的处理，疾病的命名，病原微生物的发现及命名，联合国、世界卫生组织及媒体的关注，等等。经历过非典事件的人对于生物灾害，至今记忆尤新，诗歌《穿过非典的肺叶》再现了那个死存亡的危及时刻。

通过这些诗歌作品，我们可以了解到军阀混战时期、抗战时期、汶川大地震、非典事件期间真实的社会状态，这些作品是同时期历史资料有力的补充，能够帮助我们更加形象、具体地了解历史事件。

其次，中国灾害新诗再现了灾害的苦难历史，让读者深切懂得和平安详的生活来之不易，要珍惜眼前的幸福生活。

刘大白的《卖布谣》用生动真实的语言表现出小手工业者在外国资本主义侵略和国内封建势力的双重压迫下的苦难生活。朱自清的《羊群》，用象征手法写出了普通民众在当时黑暗统治下的艰难生活，形象地描绘出了一幅弱肉强食的残酷画面，普通民众弱小无权无势，只能像羔羊一般任恶狼般的权势任意宰割。《卖布谣》和《羊群》都深切表现出军阀混战时期普通民众的苦难生活，引发读者强烈的情感共鸣和思考，旨在通过宣传最终引发普通民众的抗争行动。闻一多的《发现》形象地写出了一颗充满血与泪的赤子之心在极度幻灭时的强烈心理变化过程。闻一多在《发现》中将焦点对准了极度绝望、极度幻灭时自己整个心灵的高峰体验状态，才达到最终的理性的艺术效果的。所以，在《发现》中，读者很难把诗情与诗艺两者完全割裂开来，诗歌开头"我来了，我喊一声，迸着血泪"，给读者的突兀和劈空之感其实是诗人急迫地反抗由于极度绝望感和幻灭感迅即生成的巨大心理压力导致的，《发现》中强烈的情感刺激不能不引发读者的情感共鸣，不能不引发读者的抗争意识。

东方浩的《寻找》，表达了汶川大地震之后给普通民众造成生活的苦难，地震之后，汶川的民众"正被寒冷、饥饿和死亡笼罩"，地震之后带给民众的是增添了孤儿，校园没有了以往琅琅的读书声，城市失去了笑声和歌声，地震带给汶川的普通民众，不仅仅是家园的失去和亲人的死去，更多的是心理的严重创伤和苦难感，需要地震之后更长时间的弥补："那片黑暗中的土地 不能再增加／一丝泥泞。那些废墟下的人们／正被寒冷、饥饿和死亡笼罩／帐篷里的孤儿在寻找家的灯光／坍塌的校园在寻找琅琅的书声／遍地废墟的城市／乡镇 在寻找／早先的笑脸和歌声。"[1]

通过这些诗歌作品，我们可以了解到军阀混战时期、抗战时期、汶川大地震、非典事件期间普通民众真实的苦难生活，特别是对于几乎没有经历过任何生活苦难的 20 世纪 60 年代之后出生的人们来说，在经历了生物灾害之后，深切感受到生命的可贵，深切感受到和平安详的社会

---

[1] 东方浩：《寻找》，《汶川大地震诗歌经典》，四川文艺出版社 2009 年版，第 61—62 页。

环境的可贵。

再次，中国灾害新诗再现了中华民族面对灾害时英勇无畏的抗争精神，在生物灾害期间，面对病毒的侵害给予人们精神支撑，坚定必胜的信心。

宗白华的《乞丐》，写了一位乞丐，尽管生活在苦苦煎熬之中，却依然怀有一颗爱美之心，走在"蔷薇的路上"，"手里握着花朵"，而且"口里唱着山歌"，如果"明朝不得食，／便死在蔷薇花下"。乞丐热爱生活，拥有乐观的精神，这个乞丐应该是心中有理想，眼中才有光，才能够发现生活中的美，才有力量与命运进行抗争。闻一多的《口供》中，让读者可以看到诗人一贯的爱国心，看到诗人受中华民族文化遗产熏陶而形成的中华民族精神和受西方文化影响而形成的近代民主思想。在《口供》中，诗人直率地和读者交流思想，坦荡地揭露自己灵魂的肮脏，真实地再现了绝意抗争前的痛苦挣扎。当时闻一多的痛苦挣扎引发了众多知识分子内心的震颤，引起共鸣，这也是闻一多创作的目的。臧克家的《古树的花朵》中，范筑先经过激烈的内心抗争，最后决定挥师北返，他急速抓起电话果断通知韩复榘要回原地去开展游击战争。范筑先，这位爱国英雄，对于祖国和人民的热恋，在关键时刻当机立断选择了抗击日寇的民族抗争之路，宁可抗命，也要为了中华民族的独立而进行不懈的抗争。艾青的《树》创作于1939年的秋天，在看到一棵棵树的时候，在想到"根须纠缠在一起"的时候，自然而然地想到了中华民族强大的凝聚力。在外敌入侵、中华民族危亡之际，中华儿女定能团结在一起，为争取民族独立而共同抗争。

邹旭写于汶川大地震期间的《一只手》，"这只手啊，它理应属于未

来 / 所以，当它战胜死神 / 从废墟中伸出来"写出了地震灾害亲历者在面对死亡之神时的抗争，对于生的不懈的努力，"从废墟中伸出来 / 瞬间就点燃了我的眼睛"，"这只手啊，它理应属于未来"，正是自小就具有这种顽强的民族抗争精神，中华民族才能够屹立于世界而不倒。北塔的《拳头》比邹旭的《一只手》所表现出的在地震灾害面前，亲历者对于生的渴望更为强烈，读者读后无不被那份渴望所震撼到。

通过这些诗歌作品，我们可以了解到军阀混战时期、抗战时期、汶川大地震和非典事件期间中华民族英勇无畏的抗争精神。中华民族英勇无畏的抗争精神和强大的凝聚力是民族能够永存于世界之林不倒的法宝，是民族能够战胜一切灾害的秘诀。

第六章

中国灾害新诗创作的困境和出路

中国灾害新诗创作可以分为两个阶段：中国现代灾害新诗和中国当代灾害新诗，中国灾害新诗创作的困境和出路主要指的是中国当代灾害新诗创作的困境和出路。与中国现代灾害新诗创作相比，中国当代灾害新诗创作在延续中国现代灾害新诗创作的现代性传统的同时，也出现了一些新的特质，表现出较为不同的新气象与新格局，取得了一定的突破。与此同时，中国当代灾害新诗创作也还存在一些不足，陷入了模式化的困境。如何走出这种困境，如何在借鉴西方文艺理论的基础上保留中国传统文艺理论的印记，是摆在诗人与研究者面前的一个严峻任务。

第一节 中国灾害新诗创作的新变

中国当代灾害新诗创作在延续中国现代灾害新诗创作传统的同时，面对新的社会现实生活，创作也随社会的变化发生了很大变异。首先是诗人参与的广泛性，使得灾害新诗作品大量涌现。当代诗人对灾害的关注程度远远高于现代诗人，每一次巨大的灾害事件都会出现相对应的大量诗歌作品，涌现出很多优秀的诗歌作品，这是中国现代灾害新诗无法比拟的。仅2008 年汶川大地震之后，各个出版社就以最快的速度推出各种版本的汶川大地震诗集，如岳麓书社选编的《五月的殇咏》、赵丽宏与吴谷平主编的《惊天地泣鬼神——汶川大地震诗抄》、赵丽宏主编的《天使在泪光中远去》、珠海出版社主编的《瓦砾上的诗——5·12汶川大地震祭》、吴兴人主编的《废墟上的升华：汶川大地震新闻时评选》、刘满衡主编的《国殇——献给5·12汶川大地震蒙难者和英雄们的歌》、李瑛等人的《感天动地——汶川大地震诗歌记忆》、尚泽军的《诗记汶川》、柳柳等著的《珍藏感动——汶川·生命之诗》、人民文学出版社选编的《有爱相伴》、海啸等主编的《大爱无疆——我们和汶川在一起》、聂珍钊等编的《让我们共同面对灾难——世界诗人同祭四川大地震》等等。

诗人参与的广泛性还体现在新传媒时代下一大批业余诗人的涌现，网络、博客、手机、黑板、墙壁等都可以变成灾害新诗的重要传媒。例如汶川大地震期间，出现了一大批业余诗人，既有学生、教师、农民，也有战士、公务员等。面对巨大的灾难，许多人都激情喷发，有的用传统书写工具，如钢笔、毛笔、粉笔，也有的用手机、电脑等，写出了大量感人肺腑的诗篇，引发了一场声势浩大的地震诗潮。这些诗歌的传播方式也多种多样，既有运用专业的诗歌刊物引领示范，也有一些用现场朗诵、舞台朗诵等即兴方式进行传播，还有利用新兴的传媒如短信、MP3、博客进行传播。诗人数量庞大，出现了全民创作的壮观景象。王干把这次地震诗潮称为20世纪中国文学史上的"第四次全民诗歌运动"。"由2008年汶川特大地震引发的中国诗歌大潮，是继'五四'新诗、抗战诗潮、天安门诗歌运动之后的第四次全民诗歌运动，出现的作品数量之多、感人作品之多，是近

---

[1] 王干：《在废墟上矗立的诗歌纪念碑——论"5·12"地震诗潮》，《当代文坛》2008年第4期。

二十年来少有的景象。"[1] 中国当代灾害新诗的创作参与度达到了历史的最高点。

其次，中国当代灾害新诗创作也出现了一些新特质。比如对人的生命的尊重与礼赞，高扬人道主义精神，体现了人类的普世情怀。在一些极端的年代里，几百万生命可以悄无声息地隐没在历史的黑洞里。随着历史的不断进步与信息的公开透明，人的生命意识逐渐觉醒，人的生命权被赋予了至高无上的地位。"永不言弃"是对人的生命价值的高度尊敬，因为人的个体生命具有唯一性与不可逆性。国家设立国难日降旗哀悼死难同胞，一方面表现了国家对自己国民的尊重，另一方面也折射出敬畏个体生命的理念。刘虹的《生命第一——为汶川地震"国家哀悼日"而作》赞扬肯定了生命至上的观念，也揭示了个人的困苦伤痛与整个民族的伤痛紧密相连。

> 我们拥有许多关于第一的美谈
> 悠久历史，众多人口，四大发明
> 最长的丝绸之路，最小的圆周率
> 长江长城，黄山黄河
> 黄皮肤下文明的古国那颗
> 艰难向往文明的心
>
> 我们津津乐道过另一些第一
> 比如菜系，我们食不厌精
> 比如刑具，莫言替我们如数家珍
> 比如跪的最久的膝盖
> 喊得最响的万岁，

> 生命掷于负数，老子天下第一
>
> 现在，我们终于可以谈到生命
>
> 谈到具体而神圣的、个人的生存
>
> 在五千年第一次民众举行的
>
> 哀悼日里，细细地抚慰细细地谈
>
> 谈一个人的困苦伤痛，怎样牵动全体的痛
>
> 谈一个公民遇难，国旗也会沉重地
>
> 降落一半
>
> 是的，尊重生命善待生命，永远是国家民族
>
> 这些大词的出发点，也是归宿
>
> 哀悼日，地震废墟上第一缕希望之光
>
> 华夏文明前进的里程碑。有了这个第一
>
> 将一生二，二生三，生生不息！[1]

和过去的灾害新诗作品相对比，当代灾害新诗作品在抒发民族豪情、歌颂抗灾英雄的同时，更多地关注个体生命，表现了一位诗人所秉持的高远的人文关怀。王家新的《人民》对过去的那个大写的"人民"进行了去蔽式的书写，不再将那些死难者视作由一个个冰冷的数字相加而得出的抽象名词。而是去除"人民"身上那些虚幻的光环，把"人民"还原为一个个有血有肉的鲜活的生命，对每一个逝去的生命致以深挚的哀悼。

---

[1] 刘虹：《生命第一——为汶川地震"国家哀悼日"而作》，《国殇》，海天出版社2008 年版，第 194-195 页。

山崩地裂之后

"人民"就不再是抽象的了

人民就是那些被压在最下面的人

就是那些在地狱的边缘上惊慌逃难的人

人民，就是那个听到求救声

却怎么挖也挖不出来的人

就是那些不会演讲，只会喊老天爷的人

就是那些连喊也没有喊出口

就和他们的牲口一起

被活活埋在泥石流中的人……

人民，人民就是那些从来不会写诗

但却一直在杜甫的诗中吞声哭的人！[1]

俞强的《废墟上的书包》也体现了对生命个体的尊重，痛惜那些陨灭于废墟之下的小学生，体现了诗人对生命的尊重，对逝者的尊重。

面对一排排整齐叠放的书包，我的泪流下来了！

在废墟前，五颜六色，像一簇开得触目惊心的花苞

仿佛刚刚各自与家人告别，配合着顽皮的蹦跳

被翻过的书页里还夹着童音与小手的热气

铅笔盒传来轻微的声息，收藏了父母的叮咛，老师有些沙哑的声音

现在，它们炫目地被放在这里

软绵绵的体积里

仿佛还保留着童真的形象与体温，一个人生之初的梦。[2]

---

[1] 王家新：《人民》，http://www.zgyspp.Com/Article/y2/y11/200805/11192.Html。

[2] 俞强：《废墟上的书包》，http://www.pormlife.Com/showart-47660-1831.Htm。

一些灾害新诗作品艺术追求达到了一定的深度，无论是痛惜人的生命的陨灭，还是颂扬人的生命价值，所体现出的是一种更为深广的人类情怀，已不再仅限于一个民族和一己的悲痛。袁跃兴认为："这些在泪水中，在悲痛中，在坚强中，在生命中凝成的诗句，让我们读到了生命的眼泪、死亡的狰狞、动荡的自然、废墟中的呐喊、民族的伟大、大爱的播撒、人性的光辉、逝者的悲壮、生者的斗争、灵魂的升华、生命的荣誉、悲悯的情怀、人类的情操、心灵不可毁灭的品质、祝福和祈祷……这种艺术，使我们在不知不觉中和人类的命运相联系，它把我们从宁静安乐的环境中拉出来，携我们同行，让我们在诗人所记叙的一切困厄横逆之中甘苦与共，更让我们认识到了我们平素的狭隘自私，让我们日常生活的庸俗和鄙陋一扫而光……还有什么艺术比诗更为可贵呢？"[1]

沈浩波在《川北残篇》中写出了灾害中自我与他人的关联，有力诠释了海明威《丧钟为谁而鸣》题记中所引英国诗人约翰·唐恩的话："谁都不是一座孤岛，任何人的死亡都使我受到损失，因为我包孕在人类之中。所以，别去打听丧钟为谁而鸣，它为你敲响。"

> 我当然热爱这个国度
> 因为这里有我的同胞
> 他们使我不孤单
> 每天都能和同类在一起

---

[1] 袁跃兴：《文学在"灾难"中重生》，《河北日报》2008 年 6 月 27 日。

像他们一样美好和污秽

当同胞的血

涂抹在我心上

我唯有蘸血写诗[1]

还有一些诗人在巨大的灾害面前对自己的写作行为也进行了严峻的审视，灵魂煎熬于"写"还是"不写"的伦理拷问之下。比如，朵渔的《今夜，写诗是轻浮的……》就写出了诗人深深的疼痛和无力之感。

今夜，大地轻摇，石头

离开了山坡，莽原敞开了伤口……

半个亚洲眩晕，半个亚洲

找不到悲愤的理由

想想，太轻浮了，这一切

在一张西部地图前，上海

是轻浮的，在伟大的废墟旁

论功行赏的将军

是轻浮的，还有哽咽的县长

机械是轻浮的，面对那自坟墓中

伸出的小手，水泥，水泥是轻浮的

赤裸的水泥，掩盖了她美丽的脸

啊，轻浮……请不要在他的头上

动土，不要在她的骨头上钉钉子

不要用他的书包盛碎片！不要

---

[1] 沈浩波：《川北残篇》，http://blog.sina.Cn/s/blog_48b6ff2b01009ks4.Html。

把她美丽的脚踝截下！！

请将他的断臂还给他，将他的父母

还给他，请将她的孩子还给她，还有

她的羞涩……请掏空她耳中的雨水

让她安静地离去……

丢弃的器官是轻浮的，还有那大地上的

苍蝇，墓边的哭泣是轻浮的，包括

因悲伤而激发的善意，想想

当房间变成了安静的墓场，哭声

是多么的轻贱！

电视上的抒情是轻浮的，当一具尸体

一万具尸体，在屏幕前

我的眼泪是轻浮的，你的罪过是轻浮的

主持人是轻浮的，宣传部是轻浮的

将坏事变成好事的官员

是轻浮的！啊，轻浮，轻浮的医院

轻浮的祖母，轻浮的

正在分娩的孕妇，轻浮的

护士小姐手中的花

三十层的高楼，轻浮如薄云

悲伤的好人，轻浮如杜甫

今夜，我必定也是

轻浮的，当我写下

悲伤、眼泪、尸体、血，却写不出

巨石、大地、团结和暴怒！

当我写下语言，却写不出深深的沉默。

今夜，人类的沉痛里

有轻浮的泪，悲哀中有轻浮的甜

今夜，天下写诗的人是轻浮的

轻浮如刽子手，

轻浮如刀笔吏。[1]

诗人谢宜兴也对灾害中的写作持怀疑态度，他认为地震之后面对废墟的抒情是多余的无病呻吟，当自己写下分行的诗时就变成了一个"可耻的人"。

汶川地震之后，写诗是多余的

诗歌有了从来没有的轻和无辜的愧疚

面对废墟的抒情是可耻的

哪怕挽歌或颂辞都显得浅薄和轻浮

这一刻，当我写下这些分行的文字

我知道，今夜又多了一个可耻的人[2]

诗人赵凯《我的诗歌骨折了》在反思地震灾害书写伦理时希冀诗歌能够改变自己的无力状态，重新积聚力量去抚慰受伤的心灵。

已死的截去，

尚存的刨起。

---

[1] 朵渔：《今夜，写诗是轻浮的》，苏历铭、杨锦选编《汶川诗抄》，群众出版社2008年版，第177-179页。

[2] 谢宜兴：《今夜又多了一个可耻的人》，http://blog.sina.com.Cn/s/blog_484c787d0100adhg.Html。

生死之间愈合两个诗行

一行是"热爱苦难"，

一行是"重温珍惜"。

文学之热血，

是 O 型的。[1]

这在以往的中国现代文学灾害写作中是不可能的。那时候的诗人更多负有启蒙、引导普通民众的职责，根本无暇顾及自身的启蒙级文学的启蒙。

---

[1] 赵凯：《我的诗歌骨折了》，《汶川大地震诗歌经典》，四川文艺出版社 2009 年版，第 113 页。

第二节 中国灾害新诗创作的困境

尽管中国灾害新诗叙事已经取得了不小的成就，但依然存在种种不足，陷入了某种困境。

首先，中国灾害新诗叙事存在严重的模式化倾向。很多诗歌作品的语言表述、情感体验和主旨意蕴都如出一辙，给人千人一面的感觉。这在很大程度上是因为灾害的突发性导致了作家创作的急切性，"急就章"式的诗歌创作带来了灾害新诗的浅表性，使得许多作品内涵直白浅露，缺乏令人沉思的意蕴。这在深层上其实反映的是文学"工具性"与"艺术性"的冲突，解决好"工具性"与"艺术性"的冲突，将会找到灾害新诗的出路。例如在2008年汶川大地震诗潮中，许多诗歌都缺乏一种抒情主体的介入，缺乏胡风所提倡的"主观战斗精神"。"对于对象的体现过程或克服过程，在作为主体的作家这一面同时也就是不断的自我扩张过程，不断的自我斗争过程。在体现过程或克服过程里面，对象底生命被作家精神世界所拥入，使作家扩张了自己；但在这'拥入'的当中，作家底主观一定要主动地表现出或迎合或选择或抵抗的作用，而对象也要主动地用它底真实性来促成、修改、其至推翻作家底稿或迎合或选择或抵抗的作用，这就引起了深刻的自我斗争。经过了这样的思想斗争，作家才能够在历史要求的真实性上得到自我扩张，这是艺术创造的源泉。"

> 我们的心朝向汶川，
>
> 我们的双手朝向汶川，
>
> 我们阳光般的心朝向汶川，
>
> 我们旗帜般的双手朝向汶川，
>
> 我们十三亿双手向汶川去！[1]

像邹静之《我们的心——献给汶川的血肉同胞》这样的诗句在汶川大地震中比比皆是。叶浪的《我有一个强大的祖国》写的是受难的人们头脑中时刻不忘强大的祖国。

> 那是一张熟悉的脸
>
> 是我痛失亲人后看到的最真切的笑脸
>
> 她眼里闪着泪花
>
> 话里充满着力量
>
> 那一刻，我感到自己有一个强大的祖国
>
> 那是一张陌生的脸
>
> 是我埋在瓦砾下看见的最勇敢的脸

---

[1] 邹静之：《我们的心——献给汶川的血肉同胞》[J]；今日新疆；2008 年 11 期。

撬开了残垣

搬走了巨石

那一刻，我感到自己有一个强大的祖国

那是一张美丽的脸

是我躺在病床上看见的天使的脸

包扎着我的创伤

驱走了我的恐惧

那一刻，

我感到自己有一个强大的祖国[1]

在对灾害的"拥入"当中，作家没有自己的选择、抵抗，个人话语淹没在集体的喧嚣之中。每个人都从独立的"个体"变成了复数的"汶川人""四川人""中国人"，诗歌的抒情主体让给了"祖国""人民""历史"等抽象的名词，出现了大量的滥俗抒情的诗句，从而引发了一些对诗歌抱有敬意与良知的诗人的思考，灾害中诗歌写作的伦理性何在，面对灾害是写还是不写？

其次是中国灾害新诗叙事表现出来的浅表性特征。最为明显的是地震诗潮中表现出来的创作的即时性和表达的急切性。面对突如其来的灾害，耳闻目睹那么多悲壮惨痛的灾害情景，心中郁积的感情急需一个突破口，很多人争相拿出自己的诗作，在一种哀伤悲愤中把中国诗歌带入一种井喷状态。各个出版社也以最快的速度编辑出版了各种诗集选集，如人民文学

---

[1] 叶浪：《我有一个强大的祖国》，《有爱相伴——致2008·汶川》人民文学出版社2008年版。

出版社的《有爱相伴：致 2008 汶川》、岳麓书社的《五月的殇咏》、上海文艺出版社的《天使在泪光中远去》、珠海出版社的《瓦砾上的诗——5·12汶川大地震祭》。从中央级别的人民文学出版社到地方的珠海出版社，从专业性的作家出版社到华东师范大学出版社这样的高校出版社，都纷纷加入这一出版热潮中来。其中既有各种地震诗歌的选集，也有像尚泽军的《诗记汶川》这样的个人诗集。以上这些诗集都是 2008 年地震发生时出版的，此后陆陆续续还出版了很多诸如此类的诗集。虽然不能单纯地以创作的时间和速度来评价作品高低，但这种一哄而上的情形肯定不利于诗歌的精致书写。鲁迅曾在《记念刘和珍君》中说过："长歌当哭，是必须在痛定之后的。"灾害必须经过作家心灵的观照与审视，只有经过一段时间的沉潜，才能够做出冷静的判断。正如评论家谢有顺所说："苦难是表层的经验，创伤则是一种心灵的内伤，而文学所要面对的，应是一种被心灵所咀嚼和消化过的苦难。只有这样，作家对苦难的书写才不会把苦难符号化、数字化，才能俯下身来体察一个人、一个人的具体创痛。"不客气地说，有些诗集的出版已经背离了文学出版的初衷，带有明显的炒作意图和商业目的。有些出版社未能顾及诗集的实际内容，而是一味追求印刷的精美与装帧的豪华，在市场利益的驱动下，紧盯着书籍的发行量与码洋。鲁迅认为感情正烈的时候反而不宜写诗，"否则锋芒太露，能把诗美杀掉"。中国灾害新诗叙事书写表达的急切性必然带来灾害诗歌作品的浅表性，使得许多诗歌作品内涵直白浅露，缺乏令人深思的意蕴。

同时，这种浅表性还表现为对灾害事件的叙述方式和灾害意蕴的传达有所欠缺。许多诗歌作品只是一味渲染灾害中的苦难，歌颂各路救援英雄，书写多难兴邦的民族——国家形象，这与古代的大禹治水、女娲补天等神话所形成的英雄救灾模式没有什么本质区别。灾害新诗除了书写悲天悯人的情怀、英雄主义的颂歌及国家民族的认同之外，好像就没有什么可以去思考和表达的了。"意义空间的局促与空乏已经成为灾难写作进一步深化的最大制约因素。"[1] 灾害新诗如果不能穿越表层迷障，不能透过灾害表层进入更深层次意蕴的开掘，那就永远只能在浅表层次徘徊不前。灾害新诗尽管都与灾害相关，但其目的并不是单纯地记录各种灾难和渲染灾难，如果是这样的话，新闻影像可以比诗歌做得更好。展现灾难的真实情景，剖析灾害背后的人祸因素只是灾害新诗描写的第一重境界。诗人还要透过灾害展现命运重压下的人们的抗争，彰显生命的尊严与高扬的人生理想，这是灾害新诗应该追求的更高一层的境界，而能够像加缪那样通过鼠疫探索人类生存的普遍意义，进行一种寓言式的写作就更为难得了。诗人困于中国现当代文学所形成的规范，受制于深层的文化心理结构，很难突破对灾害的表象叙事，即使发生了诸如 2003 年非典事件那么多大灾大难，却无法产生与之匹配的诗歌作品。

---

[1] 支宇：《灾难写作的危机与灾难文学意义空间的拓展》，《中华文化论坛》2009年第 1 期。

第三节 中国灾害新诗创作的出路

面对严重的灾害，诗歌何为？诗歌创作如何才能够不失重？谢有顺认为："灾难记忆只有转化成一种创伤记忆时，它才开始具有文学的书写意义。""灾难记忆是一种事实记忆，它面对的是一个一个具体的事实，这种事实之间的叠加，可以强化情感的强度，但难以触及灾难背后的心灵深度；创伤记忆是一种价值记忆，是存在论意义上的伦理反思，它意味着事实书写具有价值转换的可能，写作一旦有了这种创伤感，物就不再是物，而是人事，自然也不仅是自然，而是伦常。"[1]

"文化创伤"是西方反思集体性创伤记忆的一种理论。耶鲁大学社会学系教授杰弗里·C. 亚历山大认为："当个人和群体觉得他们经历了可怕的事件，在群体意识上留下了难以磨灭的痕迹，成为永久的记忆，根本且无可逆转地改变了他们的未来，文化创伤（cultural trauma）就发生了。"[2]诗歌是人类文化记忆的一种载体，不能只对突如其来的灾害做出一般性的

---

[1] 谢有顺：《苦难的书写如何才能不失重？——我看汶川大地震后的诗歌写作热潮》，《南方文坛》2008 年第 5 期。

[2] [美] 杰弗里·C. 亚历山大：《迈向文化创伤理论》，王志弘译，陶东风等主编《文化研究》第 11 辑，社会科学文献出版社 2011 年版，第 11 页。

情感上的应激反应，还要承担抵抗遗忘的责任，保留人类灾难的文化记忆。因为灾害中那些热切的激情随着时间的推移会慢慢减弱，直至烟消云散。试看汶川大地震才过去几年，关于汶川大地震的灾难记忆还保存几许？那些遇难的同胞、那些失去亲人的痛苦、那些涕泪滂沱的场面，早已被灾后重建的礼炮轰得干干净净，现如今，除了他们的亲人外，还有几个旁观者能忆及？这就是灾害新诗的职责所在，既要抚慰灾时创痛，更要抵抗对灾难的遗忘，积极地建构灾害的文化创伤，这是诗歌的良知所在。

同时，作为一种自觉的文化建构，灾害新诗还要那个指向一种社会责任与政治行动，"借由建构文化创伤，各种社会群体、国族社会，有时候甚至是整个文明，不仅在认知上辨认出人类苦难的存在和根源，还会就此担负起一些重责大任。一旦辨认出创伤的缘由，并因此担负了这种道德责任，集体的成员便界定了他们的团结关系，而这种方式原则上让他们得以分担他人的苦难"[1]。灾害新诗叙事让我们明白2003年非典事件、2008年汶川大地震等大灾大难不仅仅是一国甚至世界之殇，也是每一个鲜活的受难者的个体之殇，他们的伤痛与我们紧密相连。

毕淑敏在一篇随笔中曾对瘟疫做了自己的思考，启示我们要在灾害中学会坚强与明达。"假如我得了'非典'，我不会怨天尤人。人是一种动物，病毒也是一种生物，根据科学家考证，这一古老种系在地球上至少已经衍生了二十亿年，而人类满打满算也只有区区百万年史。如果病毒国度

---

[1] [美] 杰弗里·C. 亚历山大：《迈向文化创伤理论》，王志弘译，陶东风等主编《文化研究》第11辑，社会科学文献出版社2011年版，第11页。

有一位新闻发言人，我猜它会理直气壮地说："世界原本就是我们的辖地，人类不过是刚刚诞生的小弟。"你们侵占了我们的地盘，比如热带雨林；你们围剿了我们的伙伴，比如天花和麻疹。想想看，大哥岂能束手待毙？你们大规模地改变了地球的生态，我们当然要反扑。你们破坏了物种之链，我们当然要报复。这次的'非典'和以前的艾滋病毒，都还只是我们派出的先头部队的牛刀小试。等着吧，战斗未有穷期……人类和病毒的博弈，永无止息。如果我在这厮杀中被击中，那不是个人的过失，而是人类面临大困境的小证据。"[1] 确实，人类与灾害特别是自然灾害的较量还远未结束。2003 年非典事件为我们敲响了警钟，我们不能总是关注人与社会的发展，还要把目光移向自然，关注人类与自然的和谐共存。

地震、洪水、瘟疫等不仅仅是自然灾害，也是一种人类生存与发展必须承担的永恒的苦难。通过灾害新诗的写作、记录、反思人类所遭受的各种灾害，诗人积极建构灾害的创伤记忆，让我们能够明辨这些苦难的存在与根源，分担他人的痛苦，维护灾害期间所形成的以人为本、尊重人的生命与尊严的价值观念，促进人与人以及人类与自然的相互了解，做好灾后的心理、精神重建工作，承担我们人类应有的生态伦理责任。这就是中国新诗灾害叙事的意义所在，也是今后灾害新诗创作应努力的方向。

---

[1] 毕淑敏：《假如我得了非典》，《文艺报》2003 年 5 月 20 日。

参考文献

[1]《中国新诗（1917-1949）接受史研究》，方长安，中国社会科学出版社 2017 年版。

[2]《自然灾害与当代文学书写研究》，张堂会，中国社会科学出版社 2017 年版。

[3]《当代文学的"历史化"》，程光炜，北京大学出版社 2011 年版。

[4]《中国新诗的精神历程》，蒋登科主编，四川出版集团巴蜀书社 2010 年版。

[5]《诗论》，朱光潜，上海古籍出版社 2005 年版。

[6]《人论》，恩斯特·卡西尔（德），甘阳译，上海译文出版社 1985 年版。

[7]《灾害与两汉社会研究》，陈业新，上海人民出版社 2004 年版。

[8]《现代汉诗的百年演变》，王光明，河北人民出版社 2003 年版。

[9]《中国现代诗学史论》，许霆，苏州大学出版社 2003 年版。

[10]《灾害社会学研究》，段华明、刘敏，甘肃人民出版社 2000 年版。

[11]《中国新诗流变论》，龙泉明，人民文学出版社 2004 年版。

[12]《中国灾荒史记》，孟昭华，中国社会出版社 1999 年版。

[13]《灾害社会学》，王子平，湖南人民出版社 1998 年版。

[14]《论新诗现代化》，袁可嘉，生活·读书·新知三联书店 1988 年版。

[15]《中国现代诗论》，杨匡汉、刘福春编，花城出版社 1985 年版。

[16]《诗论》，艾青，人民文学出版社 1980 年版。

[17]《闻一多诗文选集》，闻一多，人民文学出版社1955年版。

[18]《现代小说灾害叙事中的左翼话语》，周惠，《小说评论》，2019-05。

[19]《心灵废墟上的审美救赎——当代灾害文学创伤叙事考察》，张堂会，《社会科学》2018年第12期。

[20]《当代"灾害叙事"的理论反思——评张堂会的〈自然灾害与当代文学书写研究〉》，房伟、明子奇，《萍乡学院学报》，2018-04。

[21]《现代小说灾害叙事类型研究》，周惠，《小说评论》，2015-03。

[22]《民国时期自然灾害与现代文学书写》，张堂会，《青海社会科学》，2011-01。

[23]《灾难·死亡·生命——对汶川大地震的美学反思》，何林鲜，四川师范大学2011年硕士论文。

[24]《关于中国当代文学与灾害书写的若干思考》，李继凯、周惠，《吉林大学社会科学学报》，2010-03。

[25]《灾难写作的危机与灾难文学意义空间的拓展》，支宇，《中华文化论坛》，2009-01。

[26]《苦难的书写如何才能不失重？——我看汶川大地震后的诗歌写作热潮》，谢有顺，《南方文坛》，2008-05。

[27]《责任与偏向——论20世纪30年代农村灾难题材文学》，贺仲明，《人文杂志》，2008-03。

[28]《无根的苦难：超越非历史化的困境》，陈晓明，《文学评论》，2001-05。

[29]《国家、社会与弱势群体——民国时期的社会救济（1927-1949）》，蔡勤禹，南京大学2001年博士论文。

[30]《来自民间的土地之歌——评50年代农村题材的文学创作》，陈思和，《福建论坛（文史哲版）》，1999-03。

后 记

本课题的研究方向是笔者几年前患病期间的思考结果。因为身体原因拖延到现在终于完稿，此时掩卷沉思，对课题方向的由来进行复盘和检视。

2020 年春，笔者身体状态极其糟糕，低烧不断反复，加之心律不齐导致的脑部供血不足，很长一段时间均处在如坠五里雾的状态，心烦气躁几乎无法正常工作。养病期间，偶然加了桑恒昌先生的微信，老先生几乎每天一首新诗问世，没有新的作品时，就修改以前的作品在朋友圈中展示。品味桑先生作品的同时，我的情绪不觉间也开始逐渐转入平和状态。等身体逐渐恢复之后，才猛然意识到在病痛中先生诗歌力量的巨大。如果没有桑先生的诗歌相伴，或许自己无法尽快从病痛中解脱出来的。

病愈之后恰逢申报课题，于是自然由自己的痛苦经历联想到了中国新诗的灾害叙事研究。虽然经常在课堂上讲授战争、地震等灾害诗歌题材，强调灾害期间诗歌所发挥的强大的社会宣传作用，并未真正引起内心深处强烈的情感共鸣，而刚刚过去的病痛是自己的亲身经历，每每因病情的折磨在情绪低落甚至崩溃的边缘，读到桑先生的作品，其中呈现的一位八十岁高龄的老人对生活的细微体察、对生命的热爱、对祖国人民的关爱无不牵动着我的情感，增添努力活下去的勇气。特别是在饱受病痛折磨之时，读到这些令人振奋的诗歌，病痛好像减轻了许多。桑恒昌先生的诗歌作品是诗人真实情感的表达，《锅中的元宵锅中的我》《圣心》与《静寂》表达了诗人忧国忧民的深挚情感；《隔空拥抱》是生病期间病人被隔离时状态的真实再现；《天呢》《胸透 X 片》《茶》是诗人日常生活状态的描写，充满了乐观主义精神；《人就是一点点》是诗人在经历了病痛之后对生命哲理深层次的思考；《日出》《惊蛰》《早春》等是对美好生活的期盼。休养期间，桑恒昌先生的作品，每天都能够给我足够的精神食粮和战胜病魔的动力。通过这次患病，让我深切体会到诗歌强大的精神力量，也明白了像田间的《假如我们不去打仗》等这类题材的诗歌作品为何能在那个时代产生如此剧烈的社会反响。

　　以上是课题形成的背景，申报成功之后本人身体状态一直不好，导致课题结项拖延至今，在同事黄传波教授的鼎力协助之下，课题研究最终告一段落。但是，对于中国新诗在灾害叙事放的研究不会停止，对于新诗在新时代的作用和意义方面的研究还将继续，希望从这个角度，给广大读者和创作者以启发，让诗歌去滋养心灵，去讴歌时代。